潛行瘋疫

梁科慶

Q版特工30　潛行瘋疫
作者／梁科慶
總編輯／黃幗坤
責任編輯／劉綺華
美術設計／blacktony
出版發行／突破出版社
香港沙田亞公角山路33號突破青年村
電話：2632 0000　傳真：2632 0388
電郵：breakthrough@breakthrough.org.hk
網址：http://www.breakthrough.org.hk
http://www.btproduct.com
承印／陽光印刷製本廠
2013年1月初版1刷
版權所有 © 2013 突破有限公司

Ah Wing, the Secret Agent 30: Imperial Conspiracy
by Leung For-hing
First Printing, First Edition, January 2013
Copyright © 2013 by Breakthrough Ltd.
All Rights Reserved
Printed in Hong Kong
ISBN 978-988-8073-78-8

本書經文取自《新標點和合本》，版權為香港聖經公會所有，承蒙允准採用，特此鳴謝。

誠邀閣下就突破出版社的書籍發表意見。
請登上 www.btproduct.com/book，在「讀者回應卡」頁面內填寫。謝謝。
歡迎加入突破書籍 Facebook — http://www.facebook.com/btbooks

本書採用環保油墨印刷

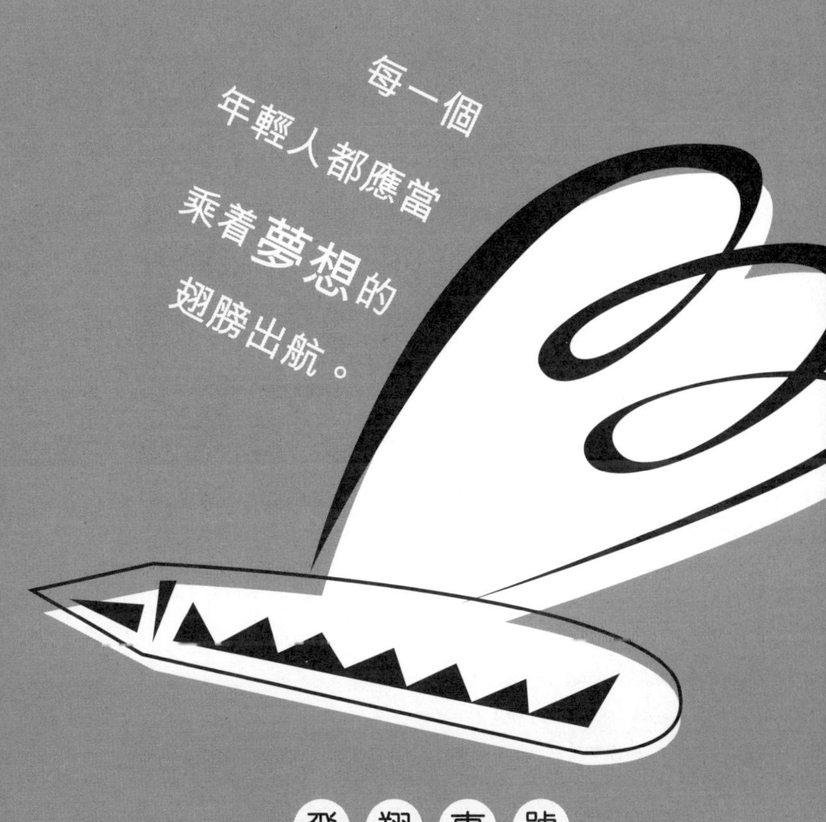

飛翔專號

目錄

序

莫詒謀
法國巴黎第一大學哲學博士
香港新亞研究所哲學教授

讀罷《潛行瘋疫》後，我得出結論：「怪不得科慶在青少年心中那麼有名。」

從靈魂、肉體到科學、宗教，由野地到雜貨店；無論阿Wing上天下地，作者都以實際的存在為基礎來建構故事，最後作者指出「路程還很遠」，就是教導讀者必須走向未來。

當想到阿Wing 是特工時，相信絕大部分的阿Wing迷都會把他想像為一個超凡的人類—— 這是傳統上由理性帶領本能所作出的判斷。

但是《Q版特工》的作者，也正是阿Wing的創造者，所用的卻是反傳統的方法。首先他不把阿Wing看成一個目的，他只是演繹阿Wing的生命過程，讓阿Wing

走向未來。他不以一個固定的模式來模塑阿Wing，阿Wing隨時都在演變成另外一個人，因着阿Wing的千變萬化，他可把阿Wing創造成一個人人都着迷的偶像。其次，在作者筆下，阿Wing的人性不是一成不變的，而是永遠在形成的歷程中，故事裏阿Wing做出什麼行為，就塑造他成為什麼樣的人。《Q版特工》的作者是一個不用理性去推理、不用僵化人性去創造人物，並把自己融入角色生命裏的知名科幻推理小說家。

很開心《Q版特工》的創作人，梁科慶館長，種下了他《Q版特工》系列裏的第三十棵樹。他邀請我為它澆水施肥，他的心意使我想到「善因加上善緣必成善果」的道理，我樂意成為澆水的有緣人。在此預祝科慶館長這部大作既能啟示青少年創作的精神，又能以人性的真、善、美來豐富讀者的生命，嘉惠社會。

是為序。

1 神祕信封

跟蹤母女到偏遠村莊，

村民盡皆神經失常，

與手中信封可有關聯？

1

有薯條的地方就有海鷗。

這句話儘管有點不合邏輯，甚或以偏概全，你隨時可以舉出一百幾十個辯證加以反駁；然而，這是我在澳洲西岸柏斯（Perth）河邊的觀察結果。我相信自己的觀察，固執地認為，有薯條的地方就有海鷗。

現在，是我來到柏斯的第三個早晨。

一如先前的兩個早上，我九時正離開那間浴室水龍頭不斷滴水的廉價酒店房間，到樓下的酒店餐廳吃食物款式長年不變的自助早餐，取了烘多士、香腸、炒蛋、玉米粒、鮮奶，獨自坐在靠窗的餐桌前，一邊慢慢咀嚼，一邊用指頭慢慢掃着iPhone屏幕閱讀網上新聞。至十一時正早餐時間結束，我收起iPhone，携着村上春樹的《1Q84》英文版，以一種膩多於飽的狀態，離開酒店。在Hay Street的步行道上走了一小段紅磚路，然後左轉沿Barrack Street走過長長的向下斜坡路，經過可以透過玻璃幕牆看見建築物內齒輪轉動的天鵝鐘塔，來到河邊的渡輪碼頭，身心的膩和飽剛好消減一半，便伸個懶腰，盤腿坐在綿軟軟的青草地上，面迎着風，讓冬日陽光射在背上，風帶着河水的濕潤，暖和的日光在腳下焙起野草的氣味，大口大口地深呼吸，空氣的味道跟在香港的大有分別。

風的氣息、被風搖曳的綠樹、太陽的光輝、被陽光潤澤的青草、雲的形狀、海鷗的叫聲、在河邊蹓狗和跑步的陌生人，一切一切都在告訴我，這是一個不颳風、沒羽絨外套的冬天，跟我所習慣的四季，截然不同。

我猶豫片刻，開始掀開《1Q84》。

新聞還可以在iPhone屏幕上閱讀，小說則萬萬不能。小說要白紙黑字的捧在手 ，逐頁掀，逐頁看，才具質感，才有小說的味道。這本《1Q84》是在柏斯的機場書店買的，來得匆忙，忘了帶書，《1Q84》中譯本早已讀過，中譯本把一、二、三部獨立成書，這種三部合訂的英譯本，才頭一遭看見，不知在此逗留多久，反正要看書，便把它買下來，才 19.95澳元，厚厚的一大冊，

1320頁；澳元有升有跌，佳作無價，1澳元買66頁，1比66，心理上，相當划算。

與愛國無關，與釣魚台無關，純粹以小說論小說，個人認為，拿2012年諾貝爾文學獎的應該是村上春樹，不是莫言。

由於小說內容已經瞭解，這兩天每次捧起《1Q84》，我只是隨意翻開，翻到哪頁，便由該頁讀起。這頁是——遊樂場的滑梯——天空浮着一大一小的月亮——青豆與天吾的相會——又一次失諸交臂。

香港詩人秀實把青豆與天吾、柯景騰與沈佳宜、阿Wing與真生，相提並論（詳見Q版特工27《毒匣》序），教我受寵若驚。

三對男女，結局各異，青豆與天吾歷盡險阻，最終走在一起，柯景騰與沈佳宜有緣無份，卻友誼常在，而阿Wing與真生，則陰陽永訣。

唉！緣分——

餓了。

闔上書，吃fish and chips去。

柏斯的炸魚店像香港的雲吞麪店，街頭巷尾總有一間。來了兩天，已光顧過兩間，都滿意。今天打算找第三間，希望不會失望。

我從草地站起，彎腰拂去沾在褲襠和褲管的草屑，沿河堤的緩跑徑信步而行。左邊是看似前後延伸不見盡頭的青草地，右邊是藍湛湛的天鵝河，一隻嘴巴大大的鷺鷥浮在河面順流而下，樣子挺逍遙自在。

炸魚和薯條挺容易找，因為，有薯條的地方就有海鷗。

大大小小的海鷗或在炸魚店的露天桌椅周圍徘徊，或在上空盤旋，或在枝頭監視，每當客人離座，店員未及清理，海鷗便飛臨桌上，搶啄客人吃剩的薯條；若有淘氣的小孩把薯條拋出，海鷗就以其銳利的目力、頻密的拍翼，高速的短途疾飛，起撲過去，總有一隻在薯條着地前，準確無誤地用尖硬的長嘴把薯條叼走，決不讓食物糟蹋。

但，海鷗的本領，不是應用於捉魚吃的嗎？

習慣吃薯條的海鷗，還懂得捉魚嗎？

習慣吃薯條的海鷗，會不會患有高血壓、高脂肪、高膽固醇、消化不良等毛病，像可憐的人類一般？

問題，倒也有趣。

前面海鷗飛處，便有一間炸魚店了。我徐徐步近，先看一遍貼在玻璃門上的餐牌，選了今天的special dish。走進店內，在收銀處點餐付錢，然後回到店外，安坐陽光之下，看書，等吃。客人不多，沒多久，店員送上食物，滿滿的一盤，有三塊紐西蘭青衣魚柳、一大堆薯條、十個魷魚圈、兩隻老虎蝦，全是即叫即炸，油香撲鼻。海鷗開始圍在附近，也在陽光下等吃。牠們彷彿懂得遊戲規則，知所進退，只在旁邊眈眈虎視，不會騷擾客人。

炸魚很好吃，炸皮薄而脆，肉質嫩滑多汁。美中不足的是，沒茄汁伴碟。這地方的規矩未免太小器，客人要茄汁嗎？請額外購買，兩澳元一小碟。我不服氣，不買。這並非金錢的問題，而是一個關乎基本權利的問題，吃薯條，蘸茄汁，天公地道；就等於小籠包的浙醋、車仔麵的咖喱汁、三文魚壽司的青芥末、出前一丁的味粉，幾乎是「與生俱來」的配搭，不能硬生生的把兩者拆開。不過，入鄉隨俗，我無意向店員爭取，只選擇不買茄汁，以示不認同，不妥協；畢竟世事無所謂絕對，就算是基本權利，身處制度不同的社會，沒有就是沒有。

拿起桌上的鹽瓶，均勻地把幼鹽撒在炸魚和薯條之上，用拇指和食指拈起一根薯條，放進口裏。沒茄汁的薯條，味道還可以。好吃不好吃？能否接受？習慣而已，正如本來習慣吃魚的海鷗，改吃薯條，不可能是一夜之間的轉變，也需要時間適應。

海鷗仍在附近監視我和我的薯條。牠們怎不回身看看背後寬闊的天鵝河？河裏有很多魚。像那隻大嘴鷺鶿一樣，自食其力，不用仰人鼻息，不是很好嗎？或許，這些海鷗已經喪失捉魚的能力，勉強下海操勞，不若留守岸上的炸魚店，以逸待勞。

吃了六根薯條、一塊魚柳，輕輕打了個飽嗝。Excuse me。我掩着嘴巴低聲致歉。坐得最近的客人雖隔三張空桌，不可能聽見我的「嗝」聲，但基本禮貌仍須保持。放下刀叉，用餐紙抹抹嘴巴，再翻開《1Q84》，這次掀到第一部 —— 青豆假扮酒店職員，成功賺門入房暗殺酒店客人 —— 喜歡村上春樹的讀者，對他的「三部曲」小說一定不會陌生，除了這本《1Q84》，還有《發條鳥年代記》，當然《聽風的歌》、《一九七三年的彈珠玩具》和《尋羊的冒險》也是另一組著名的「村上三部曲」。

「三部曲」處理得好，能產生一浪接一浪的效果，動人心弦，令讀者如癡如醉地追看。

在文學世界裏，還有不少著名的小說「三部曲」，例如，托爾金的「魔戒三部曲」、韋伯的「螞蟻三部曲」、克蘭西的「追擊三部曲」、柯林斯的「飢餓遊戲三部曲」、金庸的「射鵰三部曲」、巴金的「激流三部曲」。按我的閱讀經驗，巴金的《家》、《春》、《秋》最具挑戰，把這三冊巨著讀完，就像跑完「渣打馬拉松」一般，有充分理由為自己的耐力而驕傲。

在青豆殺人的同一時間，天吾正埋頭埋腦的當幕後小說代筆。殺手、代筆至少有一個共通點，都在暗地裏工作，不能曝光。

村上春樹筆下的男主角似乎都有一些共通點：煮意大利麪、喝威士忌、聽爵士樂、無聊地到處跑來跑去。

我絕不一樣，我是個「飯桶」，正餐無飯不歡，這次淪落柏斯，惟有屈就，但寧吃薯條也不吃意大利麪，其次，我愛喝鮮奶不愛喝酒，喜歡新詩，對爵士樂不感興趣，更加不會無聊地到處跑來跑去……

「呱——」

左邊一隻體形較大的海鷗高聲抗議。

不知是嫌我吃得太慢，等得不耐煩？還是質疑我從香港乘七個半小時航機到這裏什麼也沒做只是坐在河邊看《1Q84》和吃薯條，不是無聊透頂嗎？

Okay，此行是為了工作，執行一項任務。

「呱——」

至於什麼任務，當然不是為了看書和吃薯條，但實際內容，我卻不太瞭解，老實說，目前的狀況是，於瞭解與不瞭解之間，尚有許多空白。

我所能掌握的資料只有：澳洲某政府部門或官方機構，跟某個人或組織有某項協議或交易，需要一個毫不知情的局外人充當中間人，那中間人── 即我── 要在三天前開始入住Criterion Hotel的103號客房，並且每晚必須在房內留宿，每朝早九時至十一時在酒店餐廳吃自助早餐。期間，某個人會跟我接觸，把某種物件交給我，我要按照某種指示，把物件完好無缺的交到某個地方。

實在太多某某某了，要命！

本來這種無聊任務，我打死都不接，但上司M軟硬兼施的迫我非接不可。硬的，他恐嚇我若不就範，就要往剛果的食人族部落當三年又三年的臥底；軟的，他說完成任務後，會得到七天額外假期，入住黃金海岸的五星級酒店，公費食住。只有傻瓜才選擇前者。

「呱——」

Okay，要你們等個太久，不好意思。有本事就吃吧！

我在盤裏抓起一根薯條扣在指間。海鷗開始躁動。我左右掃視一眼，腕一抖，指一彈，薯條向天鵝河直線射去。薯條快，海鷗的反應更快。「噼啪」亂響，炸魚店周圍三、四十隻海鷗拍翼齊飛，「追擊」薯條去了。牠們在店前快速掠過，鼓起一陣腥鹹的亂流，飄下幾根羽毛。

身後有人拍掌，但聽得出，掌聲寥落而冷淡。

回頭，是店員，他的表情古怪。

「很精彩，可是，先生，為了公眾衛生，為了防範禽流感散播，請不要餵飼牠們。」其餘的客人亦投以冷眼，對一個不守規矩的外國遊客。

「不好意思。」我窘極了，惟有低頭進食，不敢跟他們的目光相接。

*　　*　　*

下午，乘渡輪往Fremantle島，在島上胡亂逛了一圈，最後回到碼頭附近的水果店買了一盒士多啤梨，坐在河畔的長椅上，繼續讀小說。邊讀邊吃，青豆加士多啤梨，消磨一個下午。

乘船返回對岸的市中心區，登岸已是下午五時，白人經營的店鋪，一到五時就準時關門，有生意也不做，未完成的工作明天待續。半小時內，下班的人潮、載着下班一族的車流，統統跑光，馬路空蕩蕩的，街燈一行一行的亮起，天色漸暗，霓虹燈招牌在放下捲閘的店鋪外面大放光明，為支撐都市的繁華景象默默發熱發光。

在Hay Street步行道末段，找到一間供應白米飯的中東食店。晚餐的配搭毫不匹配，熱騰騰的炒雞丁、生冷的雜菜絲、口感偏硬的碎米飯，平均分佈在一個金屬圓碟上，吃着，令我想起魏蜀吳三分天下。蜀國像雞丁，最熱最火，不滿足於偏安一隅，年年北伐中原，今年無功而還，明年再出師。魏國則像雜菜絲，曹氏的著名祖訓「寧教我負天下人，休教天下人負我」，冷酷得教人心寒；他們用人亦雜，不問出身，不管品格，有能力又肯歸順的，就給他一官半職。至於吳國，國力頗像碎硬的米飯，謀臣和武將都是「碎料」，及不上魏、蜀的人才濟濟，最出色的，亦不過是那個小器短命的周瑜；幸好得天獨厚，坐擁長江天險，硬仗如曹操或劉備親領幾十萬大軍東征，吳軍據險拒敵，不論魏、蜀，都吞它不下。

眼前這碟「三國鼎立」似的雞—— 菜—— 飯，端給一個講究「鑊氣」的香港人吃，無疑是一份不及格的晚餐，不過並非沒法改善。我邊吃邊想，明晚再來，隔着櫃檯，指導廚師把雞、菜、飯一起倒在鐵板之上，混入雞蛋汁，加少許清水、醬油，爆香炒勻，把三分天下變成全國統一、求同存異，不是更好嗎？

好，就明晚再來。I will be back！

飯後，把刀叉空碟推到一旁，拿出iPhone發短訊給R。這幾天，R有監視行動在身，不知現時是否要緊關頭，不敢打電話騷擾，發短訊最為合適。短訊內容很簡單，問候一聲，重點交代這天做過什麼，沒有肉麻的話，純粹讓她知道我掛念她。

按下輸出鍵，把短訊送出，拍拍屁股離開中東食店，走路回酒店。

今晚終於「有飯落肚」，雖不好吃，但吃得飽，勉強稱得上滿意。

沿路所見，商鋪落閘的落閘，關門的關門，閉窗的閉窗，市中心區的夜生活絕無僅有，本來飯氣攻心，已有點眼瞓，走在悶氣沉沉的街頭，就更加眼瞓，腳步像拖着濕毛毯般的沉重。回到酒店房間，再也支撐不住，一個轉身，就大字形的躺在牀上。

此刻我的軀體像座孤城，睡意像攻破城門的敵軍，敵軍一進城，便往四方八面鑽，兵貴神速，睡意瞬間遍襲全身，眼皮沉重，四肢倦怠，未幾，悠悠入睡。不過，人雖累，意識仍舊清醒，這時我的睡眠狀態，猶如乘搭長途航機卡在經濟客位上淺睡，既不安舒，又不深沉。夢境開始在腦海中浮現，耳朵仍聽見浴室滴水嗒嗒，所不同的是，聲音像被什麼東西過濾，似在遙遠的他鄉傳來。

滲漏在水龍頭積少成滴，滴落洗臉盤，發出一聲又一聲的「嗒」，在兩聲「嗒」之間相隔的時間完全一樣，極有規律，證明滲漏沒變差，亦沒改善。

夢境也清楚，是一個無人的遊樂場，滑梯頂端坐着一個青年，正觀看天上一大一小的月亮。視角關係，我只看見他的背，即使只看見背面，他是天吾，不會有錯。如果他是天吾，這時候，青豆就在天吾身後的小樓窗前。轉身啊！天吾，青豆就在你的背後，你一轉身就可以看見她呢！我無聲地吶喊。天吾竟然聽見，他緩緩別過臉來。但，那張不是天吾的臉，那是柯景騰。既然他是柯景騰，那麼，身處小樓的該是沈佳宜。我的視角不自覺地轉向小樓，果然，小樓窗前，少女亭亭玉立，但她不是沈佳宜，也不是青豆，竟是真生！她剪了一頭短髮，身穿一襲清爽的吊帶碎花裙。乍見真生，我焦急萬分，待要搶下滑梯，咦？我怎會在滑梯之上？

柯景騰呢？不管了，總之我要跑過去找真生，可是，我的身體軟垮垮的，手腳不聽使喚⋯⋯。仍清楚聽見「嗒嗒」水滴聲，在Criterion Hotel 103號房的睡牀上，浴室的水龍頭仍在滴水，我在做夢，噢！千萬不要夢醒，不能跑就不跑吧，能夠夢見真生，已經很快樂，萬一動作過大，滾落睡牀，弄醒自己，便失去與真生夢中相會的機會。可惜，真生並未察覺我在滑梯上，她只是默默的凝望天空。真生啊！我在這裏呀！我的喉嚨不知給什麼東西堵住，喊不出聲，嘗試揮手，雙手卻不能動。突然，一片片白色的東西自天空翩然飄落，是雪嗎？瞧清楚，不是雪，是花瓣，全是白玫瑰的花瓣。花瓣愈飄愈多，紛紛揚揚的，世界變成一片白色，四周充滿玫瑰花香。不僅花的香氣，我還感覺到花瓣的纖弱和輕柔。再看時，真生手裏多了一柄長劍，她揮劍向外劃出，手按窗台，躍到簷廊瓦頂。於月光底下，踏着落花，舞起劍來，劍風颼颼，姿態輕靈，平空高躍，抖個劍花，銀光四射，落花翻飛。此時，不知是誰人在風中吟詩，這首詩，我從前聽過，是路雅的《劍聲與落花》——

這夜的燈火過後
誰執汝之手
掃去羅裙上的霜雪
美麗的劍笑
冷白地閃過你堅決的目光
明日在城牆上
將拔起你與日比高的身影
獨自淒涼
呼驥的時候到了
手執紅纓槍
徐風中揮別漫天的晚霞

詩歌吟罷，花瓣落盡，小樓不見了，真生亦不見了。我躺在Criterion Hotel 103號房的睡牀上，浴室傳出一聲聲的「嗒」，我仍舊閉上雙眼，不想夢醒。奈何夢已醒。夢醒了無痕，只剩若有若無的花香殘留在胸臆之間。我輕輕歎口氣，無奈地張開眼睛，日光從窗簾的縫隙溢進來，瞄一眼牀頭鐘，早上八時三十分，戀戀不捨地起牀，離開曾在上面夢見真生的高牀軟枕，拖着腳步，踱進浴室，痛快的淋個花灑浴，梳理過後，換過乾淨的灰色格紋卡其褲、米黃色短袖棉質T恤，穿上昨日踏青的網球鞋，外披上黑色連帽風衣外套，準時到餐廳吃早餐。

在餐廳門前遇見男侍應Sean，Sean為我開門。首天吃早餐時，跟Sean聊了一會，他是星加坡華人，本因工作關係到柏斯一星期，期間愛上柏斯的氣候和現時的女朋友，便留下來，一留便八年。

「自助早餐吃厭了嗎？」Sean領我到窗前的空桌，「今早，我可以替你到廚房取一些不同的食物。」

「最好不過呢！」我向他鞠躬致謝，「Sean，你真是個大好人。」

「不用客氣，請稍等。」他眨一下左眼，跑開了。

我沒坐下，到擺放食物的長檯，只斟了一杯鮮奶。Sean的個子比我稍微高一點，嘴角經常露出愉快的微笑，是個典型的陽光青年。他告訴我，不用上班的日子，定必出海滑浪、釣魚，曬得一身古銅色。微笑時，左臉有個酒窩，有他在，室內彷彿充滿海灘的陽光氣息。

我返回靠窗的座位不久，一個年輕女子從街外進來。她多半不是酒店住客，因為住客光顧餐廳會使用通往接待大堂的側門。女子二十出頭，把一頭金色的長髮束成馬尾，身穿褪色的藍色牛仔褲、淺綠色長袖T恤，在她胸前的抱嬰帶裏，一個BB睡得正酣。這女子，就是帶物件給我的人，我有此直覺。她一進門，不注視食物，也不尋找侍應，只是緊抿嘴唇，用一雙棕色大眼不住打量食客。食客寥寥無幾，五秒鐘之內，她鎖定了我，毫不猶豫地，走到我的桌前，說：「狼人Xman在悉尼歌劇院跟李小龍學詠春打木人樁打到手腫腳腫從此把綽號改稱豬手Xman。」

「鱷魚貝貝在扯旗山老襯亭吃宮粉羊蹄甲的葉子津

津有味從此改為奉行素食主義。」我應道。

暗語正確。

「給你的。」她打開掛在右肩上的帆布袋扣子，盡量不弄醒BB，輕輕從袋裏取出一個雞皮紙信封，放在桌上。

「就是這樣？」我問。

「嗯。」她點點頭。「任務」完成，她看來鬆了一口氣，聳聳肩頭，拍拍BB的背，便轉身離去，不多留一秒鐘，也不多說半句話。

低頭看時，信封約170乘100毫米，用環保物料製成，封口印上火漆，整個信封扁扁平平，裏面似乎什麼也沒有。

一個空信封？

好奇心太強是我的缺點，不守規矩是我的優點。

我瞧瞧左右，也不管有沒有人監視，便小心撕開信封口的火漆，打開信封往內一看，裏面果然空空如也。我把信封倒轉，開口朝下的搖了幾下，連汗毛也沒一根

跌出來，再檢查信封的表面、裏面，沒字跡，沒標誌，也沒符號。這是一個不折不扣的空── 信── 封──

我的任務，就是拿這個空信封嗎？

老遠從香港飛來柏斯就是為了這個空信封，沒可能！

那位年輕媽媽會不會弄錯了？

「喂，等一等……」

年輕媽媽已走在街上，剛在餐廳的窗外經過。

我把信封收進風衣的裏袋，急急離座，趕快追出餐廳。

年輕媽媽在Hay Street慢慢走着，趕上去截住她毫不困難。然而，截住她以後，接下來該做什麼？盤問她？搜查她？迫她交出真正的物件？但，那是什麼物件，我始終一頭霧水。如果她說，對不起，剛才搞錯了，然後把一個BB奶瓶遞給我，我要還是不要？

看時，她的BB似乎睡醒，她邊走邊用指頭逗着BB玩，隱約聽見她哼着兒歌。

我愈搞愈糊塗。從她的舉止、神態看來，她並非特工，這點我可以肯定，因為特工不會拿家人的安全開玩笑，抱着自己的BB執行任務，即使危險程度等於零都不行，工作歸工作，讓家人因任務而曝光，愚不可及。

她既然不是特工，那又是什麼人？

她站在斑馬線前，等候行人過路燈轉綠。我在巴士後面停下來，跟她相距十公尺左右，依稀聽見BB的笑聲。她充其量只是個信差，受人所託，把信封帶給我。

燈號轉綠，她橫過Barrack Street，往右轉，背着渡輪碼頭，一直向前走，並不回頭東張西望，或停下觀看櫥窗裏的新款時裝、首飾，只是以相同的步調，專心地繼續前行。我靜靜跟在她後面。我已經有了決定，暫時跟蹤她，或可找到那個託她送信封的人。前方是火車站，還有圖書館、大型商場、小型醫院，她會去哪？愈接近火車站，路人愈多，我穿插在路人之間，更方便掩飾跟蹤；不過那年輕媽媽有子萬事足，警覺低得出奇，根本沒察覺被我跟蹤。

她進入醫院範圍。

醫院建築物的外牆髹上五顏六色的卡通圖案，BB被鮮艷的色彩吸引，不住「咿咿呀呀」的說着BB話，還舉起小手，要捉住那些卡通。

她要帶BB求診，或是自己求診？

但大小都很健康，不似生病。

果然，她只在醫院門外經過。那條走廊是通往火車站的捷徑。她要去搭火車。柏斯的火車分紅、橙、黃、綠、藍五條路線，連接城市外圍不同的市鎮。我跟着過去。她一進入火車站大堂，逕自走向月台閘口，並從牛仔褲後袋掏出一張電子車票。糟！我身上只有澳洲不通用的香港「八達通」，要到售票機投幣購票嗎？一來一回，她已入閘，甚至登上列車，這樣，我肯定跟丟。沒法子，惟有硬闖。可是，閘口的檢票員是個高大的黑人，樣子非常盡責，我不是擔心打他不過，萬一打起上來，一定驚動她。怎辦？猶疑之間，她已通過閘口，走向橙線的五號月台。

「請讓路。」身後有人輕拍我的肩頭。

我回頭，首先注意到那人手裏拿着一張車票，靈機一動，馬上取了他的車票，在他動氣之前，把一張20澳元紙幣塞回他的手裏，道：「我趕時間，勞煩你另購車票。」

一票多程的全日通行票才11澳元一張，我給20澳元換那人的普通單程票，他當然不反對。

於是，我拿着車票，順利入閘。

五號月台的橙線列車已發出即將開行的訊號。

我匆匆跑下扶手電梯，從後撞開一個擋路的大叔，也顧不得致歉，快步繞過前面一對手牽手的男女，直撲列車。年輕媽媽步入三號車廂。關門訊號響起。我一枝箭似的衝進鄰近的四號車廂。車門開始關上。瞥一眼三號車廂，年輕媽媽卻轉身走出車廂，返回月台。我慌忙轉身，車門已完全合上，鼻子「啪」的撞在車門之上，痛得很。列車徐徐開行，我忍着鼻痛，嘗試拉開車門。緊閉的車門紋風不動。我搓揉鼻子，失望地盯着月台，竟然給她擺脫，真丟臉！或許她會驕傲地給我一個拇指向下的嘲諷手勢，但列車經過她身旁，她沒瞧車廂一眼，只是彎腰撿拾地上的東西，由於抱着BB，動作有點笨拙。剛才被我撞了一下的大叔，上前替她撿拾，那是一隻BB的鞋子。

原來她的BB在月台上丟了鞋子，她為拾鞋子離開車廂，陰差陽錯地擺脫我的跟蹤。

如果原因就是這麼簡單，我可以暫且放心。抬頭查看貼在門頂的列車路線圖，橙線的尾站是Mandurah，下一站是Esplanade。她拾完BB的鞋子，按理，會乘搭下一班橙線列車。待會我在Esplanade下車等候，順利的話，將看見她抱着BB坐在下一班列車之內。

就這樣決定。

Esplanade轉眼就到。我依計下車。其他乘客，登車的登車，下車的出閘，除我以外，沒人在月台上逗留。

瞧一眼頭頂的電子報告板，下一班列車在四分鐘後抵達，還有時間，我坐在一旁等候。拿出年輕媽媽給我的空信封，前前後後，裏裏外外的檢查一遍，惟一可以跟進的，只得那個火漆印章，符號很特別，彎彎曲曲的，既像蛇，又像S，沒見過。於是用手機拍下來，把檔案傳回香港的特工基地，請情報組的同事分析。

辦妥後，列車到站了。她會不會在車上？我不期然緊張起來。如果不在，我只能承認她太高明，也要承認，我低估BB的用途，用來掩飾身分和擺脫跟蹤特別有效，而且是媽咪級特工的專利。

第一卡車廂駛過，沒有。第二卡，也沒有。第三卡，她坐在裏面。

我吁一口氣，列車停定，我仍舊走進第四卡，找到一個可以在後面監視她的空座位，坐下。感覺怪怪的，時間彷彿摺疊了四分鐘，四分鐘前，我應該坐在這個位置，一路監視她。那失去了的四分鐘，雖不算長，但足夠發生許多變故。我告誡自己，未查到空信封的主人之前，我絕不會再讓她在我眼前失去蹤影，半分鐘也不容許。

鐵路沿線經過不少住宅區，都以獨立屋為主，樓高一層或兩層，附前後花園，近河的，除車庫外，還有地方放置帆船，活動空間寬闊，貼近大自然，又有交通網絡連接市區，方便上班、上學，居住環境一流。這些，不是有錢人家的別墅，只是一般民居而已。難怪去年由經濟合作與發展組織（OECD）發布的成員國國民快樂指數顯示，澳洲人生活得最快樂。

到了Kwinana站，年輕媽媽離座下車。

我當然尾隨其後。

Kwinana離市區較遠，民居相對較少，多集中於火車站附近。

其他乘客，或步行歸家，或在車站旁的停車場登上自己的汽車，惟獨年輕媽媽抱着BB孤伶伶的走到巴士站候車。難題來了，我沒車子，周遭沒的士，待會巴士來到，我除了被迫露面跟她一同乘車，別無選擇，惟有硬着頭皮走過去，心裏盤算找個什麼藉口，令她相信我並非跟蹤她來到Kwinana。

還未想到藉口，巴士來了。她揚手截車時，瞥見我，臉上露出些微的詫異，整體情緒卻沒太大反應，像在巴士站遇見街坊一般理所當然。我向她微笑點頭。她平淡地問：「你親自去找袋鼠博士吧？」

「嗯。」我以最簡單的言語、動作和表情去應對，盡可能不把心中的疑問流露出來：袋鼠博士是什麼人？研究袋鼠的博士？樣子長得似袋鼠的博士？名字叫袋鼠的博士？

難道是，擁有博士學位的袋鼠？不會吧？雖則學位氾濫，但博士學位不會淪落到這個地步。

「收到那個空信封，當然要去找他問個明白。」

「原來你也知道那信封是空的。」

巴士靠站停下，前門打開。

「一拿在手裏就知道，信封裏什麼都沒有。雖然覺得奇怪，但袋鼠博士交託帶給你，總有他的意思，我讀書少，不懂事，惟有照辦。」年輕媽媽登上巴士。

巴士上沒一個乘客。

「嗨，Rebecca。」胖子司機跟年輕媽媽打招呼，「小May愈來愈可愛。」

「謝謝你，Paul。」年輕媽媽Rebecca走到車廂中央坐下。

我坐在她前一排的座位上，轉身嘗試問：「你是博士的……」

「鄰居。」

「鄰居？」

「我所指的鄰居，並非毗鄰而居。我的家、他的家，四周都沒鄰舍。由我家到他家，須步行十五分鐘。」

司機Paul取出保溫壺，倒了一小杯咖啡，慢慢喝着。火車站、巴士站都空無一人。

「明白。」我點頭，「不管信封裏有沒有東西，仍要感謝你把它拿給我。」

「不用客氣。本來當跑腿的是Ben。Ben今早不舒服，我便代他走一趟。Ben是我丈夫的爸爸，跟我們一起住。John，我丈夫，現正服兵役，留駐阿富汗的聯合國維持和平部隊。」

「Ben沒什麼不妥吧？」

「我也不知道。昨晚袋鼠博士打電話過來，請Ben去他家。Ben回來後，拿着那個信封，當時，他還精神奕奕的，跟小May玩了一會，才上牀休息，今早睡醒覺，就覺得頭暈。」

Paul喝完咖啡，前後張望，確定再沒乘客，才施施然開車。

「可有帶Ben去找醫生？」

「Ben的身體一向健康，很少生病，可能昨晚外出沒穿外套，不小心着涼。今天休息一朝，應該沒事。」

「那就好了。噢，還未介紹，我叫阿Wing。」

「我是Rebecca，她是小May。」

「哈囉，小May，你好。」我擦響拇指和食指逗她，「她長得很美，像媽咪。」小May好奇地指着我的發聲手指，瞧着媽媽「咿咿呀呀」的不知說什麼。

「謝謝。」Rebecca低頭親小May的臉。

「這個時間去找博士，不知他在不在家？」我進一步試探。

「他呀，常躲在家裏做研究，一定在⋯⋯不過⋯⋯」

「不過什麼？」

「昨晚，Ben回來說，袋鼠博士正執拾行李，似要遠行。而且，據Ben形容，袋鼠博士的精神狀況有點混亂。袋鼠博士雖年過六十，但沒半點老態，腦筋靈活，步履矯健，很有活力。可是昨晚，Ben說，袋鼠博士的動作和反應比平日遲緩，想了很久才寫出那兩句暗語，找了很久，才找到那個信封，最後還是不大肯定地蓋印封口。」

「那的確不尋常。」我沉吟。

車窗外面，多見草坡，少見房屋，多見綿羊，少見人。畢竟是郊野，景致當然有別於人多車多高樓多的市區。風亦增強了，長草起伏，枝葉摩娑，可見，在沒建築物阻隔的平原上，冬風是多麼的自由奔放。

我們在一個沒巴士站的交叉路口下車。

Paul關上車門，開走沒乘客的巴士，在車流稀疏的市郊公路上向南前進。

2

羽毛狀的白色捲雲在天空中筆直的向北緩慢流動。

Rebecca抱着小May站在路口，踮直腳尖，眺望沒車沒人的泥路盡頭，鎖起眉頭，憂心道：「Ben看來真的生病了，我們今早約好，他開車到這裏接我和小May。」

「我們走路吧，有多遠？」

「腳程大約半小時，咦？你沒來過這裏嗎？我以為你到過袋鼠博士的家。」

「來過。那次我是開車來的，坐在車上，只知車程，不知腳程。而且，那次往博士的家，不是往你的家。」幸虧還可以自圓其說。

經過巴士上的交談，了解Rebecca自幼在鄉郊長大，生活簡單，思想簡單，為人善良，沒機心，迫不得已欺騙她，我心裏有愧。

「我們走吧。」Rebecca邁開腳步，踏上泥路。

泥路的右邊是草坡，左邊是野林，極目之處，杳無人煙。整個社區僅與外界連繫的，似乎只得這條泥路，以及路旁木柱上的電線、電話線，若非同行的Rebecca和小May住在這裏，走在路上，我會以為深入蠻夷之地。

鳥聲囀囀，於林間此起彼落，好不熱鬧，像大羣小學生捱過三節保持安靜的課堂後同一時間逃出課室七嘴八舌的盡情交談。

「輒—— 鈴——」衣袋裏的手機先震後響。

「喂。」我接聽，「哪一位？」

「我是⋯⋯ 阿莫⋯⋯ 喂⋯⋯ 你⋯⋯ 徽章⋯⋯ 聽到嗎⋯⋯ 查⋯⋯ 澳⋯⋯ 學會⋯⋯」

「我聽不清楚。」我檢查手機，訊號微弱，「阿莫，我的位置接收不佳，請改發短訊給我。」

「我們現時的位置接近公路，流動電話網絡尚有少許覆蓋。在我家，完全接收不到訊號，只能使用固網電話。」Rebecca解說。

「咇——」阿莫的短訊來了。

我打開檔案，短訊寫着：「圖案屬澳洲莫納西學會的會員徽章，通常嵌在會員戒指之上。莫納西學會的會員人數甚少，入會要求非常嚴格，會員都是傑出科學家。過百年歷史的學會，會員人數只有152人，三分之二已經過世。」

我掏出信封，再察看那個似S非S的火漆封印，心裏疑惑，Rebecca所說的袋鼠博士，極可能是莫納西學會的會員。

一個傑出科學家，跟澳洲政府之間，會有什麼瓜葛或過節？

此時，泥路上出現一個人，迎面而來。那人約五十歲，唇上蓄了兩撇八字鬍，推着木頭車，挺着肚子，擺着屁股，吹着口哨，笑容可掬。

「William叔叔，你好。」Rebecca主動打招呼。

木頭車上放着一柄大斧頭。

「呵呵呵，俊男、美女、可愛BB，大家好。」William叔叔沒停步，大搖大擺的跟我們擦身而過，背着我們繼續叫嚷，「我要砍一棵樹，我要砍一些柴，呵呵呵，今晚我在後花園燒一篝火，開個營火會，呵呵呵，你記緊帶男朋友一起參加，Vienna。」

「哇……」小May開始鬧別扭。

「她餓了。」Rebecca看看腕錶，「我真大意，忘了時間。Lisa嬸嬸的雜貨店離這兒最近，我先去那裏取些熱水，調奶粉給小May喝。」

「對，不能讓BB捱餓。」

「你也去吃點東西吧。Lisa嬸嬸自家製的青豆牛肉餡餅，非常美味。你定要品嚐。」

「也好。我今早沒吃早餐……」我忽然想起，「剛才William叔叔喚你作Vienna，Vienna是你的別名嗎？」

「他稱我作Vienna？小May哭，我聽不見。不過，沒可能，聽說Vienna是他的外嫁女，他不會弄錯，多半是你聽錯。」

Rebecca……Vienna……是我聽錯了？或許是吧。

繞過野林，但見一間兩層高的木建房舍「屹立」泥路旁邊，屋頂豎了一個髹着Auntie Lisa's Grocery的巨型木牌。這房舍本來不是什麼偉大建築，但在滿眼盡是野草和樹木的野地上，出現一間人類建築物，特別顯得矚目。

小May已由鬧別扭變成大哭，相信小肚子餓得很。Rebecca一面哄她，一面加快腳步，趕往Lisa嬸嬸的店子。初為人母的，兒女是其死穴，尤其聽見兒女捱餓的哭聲，任你平日如何理智、鎮定，那一刻，總會六神無主，明知短時間內不會餓壞，但仍十萬火急的為兒女張羅飲食，好像遲一刻便會天崩地塌似的。這是母性，沒道理可言，所以我伴着Rebecca跑過去，不多加意見或安慰。

來到店前，小May的哭聲嘹亮，除了顯示她的饑餓程度，還證明她的心肺健康。Rebecca只在意前者，她三步併作兩步的直入店內，喊道：「Lisa嬸嬸，我要一點熱水為小May調奶粉。外面那位是我的朋友，請給他一份青豆牛肉餡餅。謝謝。」

店內排滿貨架，放着各式糧油雜貨。店前的簷廊底下，置了四張方桌，我選擇左側陽光被屋簷完全擋格的那一張，才拉開木凳，還未坐下，店內傳出一把蒼老的聲音，粗魯地喝問：「喂！外面那個，要不要咖啡？」

我看看前後左右，店外只有我一人。

「我問你呀！看什麼？外面還有第二個人嗎？」

「哦，我要一杯。」

「加不加奶？加不加糖？」

「加少許。」

「幾多才算少許？一湯匙？一茶匙？」

「兩湯匙脫脂奶，半茶匙糖，要粗糖。」我沒好氣地說：「勞駕，勞駕……」

「駕」字的尾音仍在喉嚨震動，一個雞皮鶴髮的老太婆已端着一面銀色托盤從店裏出來，喝道：「吃吧！」

吃？即叫即煮也要時間吧！

看時，她已從托盤上卸下一杯熱可可、一碟炸魚薯條、一瓶茄汁。

不是咖啡和青豆牛肉餡餅嗎？

我不解地抬頭看她。

她張開乾裂的嘴唇，從缺了四顆門牙的嘴巴，吐出一口足以令人窒息的臭氣，中氣十足地說：「8元5角。」

罷了，我投降，看在這瓶免費茄汁分上，就當我敬老，不跟她爭拗。其實爭拗下去，我終究吃虧，她張口說話時，必噴臭氣，我多吸幾口，肯定中毒，始終是她贏我輸，我乖乖拿出8元5角，放在她的托盤上，不敢多說話，以免引起話題，惹她嘮叨。

老太婆用鼻子「哼」了一聲，抓起錢，用指頭勾着托盤，轉身返回店內。經過陽光照及的地方，銀色托盤眩亮地反射日光。

我無奈地拿起刀叉，撩切炸魚，撥捌薯條，更加無奈—— 三個字足以形容這碟食物的水平：乾、硬、焦。

慶幸茄汁可以任添，不另收費，惟有多倒一些茄汁，作為補償。

Rebecca拿着奶瓶，抱着小May從店內出來，坐在我的對面。奶嘴到口，小May雙手捧住奶瓶，狼吞虎嚥地吮食。愛女無恙，Rebecca方告安心，她一面用手帕為小May抹淨臉上的淚痕，一面問我：「咖啡好喝嗎？Lisa嬸嬸的咖啡遠近馳名，每天早上大家都來喝一杯，順便買點日用品。」

「聽起來，好像是香濃味美的咖啡。」我聳一下肩頭，苦笑道：「可惜，她給我一杯不冷不熱的可可。」

「嗄？」Rebecca這才注視到桌上的食物，「我明明叫她給你青豆牛肉餡餅，怎麼變成炸魚薯條？Lisa嬸……」

「等一等。」我慌忙阻止她，「算了吧。那位婆婆火氣很猛，招惹不得。我就吃這些吧。多蘸茄汁，不難入口。」

Rebecca想了想，狐疑地說：「說起來，Lisa嬸嬸今天的確有點反常，人變得粗魯兇惡。平日的她，和藹可親，笑容滿臉，是個慈祥長者。」

「她？慈祥？天呀，難以想像呢！」我訝然道。

「她是個可愛、開通的老人家，我沒騙你。噢，現在回想，Williams叔叔也同樣反常，他一向木訥寡言，人家喚他，他總是不瞅不睬，剛才在路上，我主動向他問好，他竟然笑臉相迎，還說今晚開營火會，真不可思議，湊巧小May哭鬧，我分了心，忘了這件怪事。」

「他們不會嗑了迷幻藥吧？」

「喂！」Lisa嬸嬸突然在門邊大喝一聲，「你呀！」

「哇……」小May給她嚇得哭起來。

「乖，寶貝，別哭，沒事的，媽咪在這裏。」

「8元5角，快付錢！」Lisa嬸嬸向我怒目而視。

「我已給你錢。」

「你沒給，我沒收。」

「幾分鐘前，你放下食物，我付了錢。」

「沒有！你說謊，你騙人。」

Rebecca嘗試為我辯護：「Lisa嬸嬸，他是袋鼠博士的朋友，是個好人，不會騙你。」

「哼！難道是我騙他嗎？袋鼠博士的朋友又如何？就算英女皇來這裏吃東西，我也不賣帳。」Lisa嬸嬸回頭，向店裏叫喊：「Albert，有人吃霸王餐啊！快來！

快……」

又是即叫即到，她的第二個「快來」還未喊完，一個高瘦漢子怒氣沖沖的從店內跳出，雙手托着一枝舊款的Manuser來福槍，「喀嚓」一聲，把子彈推進槍膛。

不是嘛！才8元5角，竟動用來福槍，未免小題大做了！

II 袋鼠拳王

袋鼠強勢突襲，命案疑點重重。

全村瘋子大肆搗亂，所為何事？

1

這間簡直是黑店！

食物差劣、送錯食物不在話下，更混帳的是寃枉客人賴帳。老太婆明明收了錢，轉頭回來再收一次，恃老賣老，蠻不講理。雖然老人家沒記性，我大人有大量，可以不計較，但最離譜的，竟然出動來福槍，區區8元5角，有必要動刀動槍嗎？

豈有此理！我馬上從椅上跳起，擋在Rebecca和小May身前，義正詞嚴地直斥其非：「有小孩子在這裏，放低槍，我們用文明的方法解決問題。」

可是，Albert非但不知錯，沒放低槍，更變本加厲，舉槍瞄準，槍口對正我的胸膛。

「Albert，快把槍放下，求你。」Rebecca抱起小May，躲在我身後，慌得手足無措，「請，別嚇壞小May。」

「我不放。」Albert雙眼不住眨動，歪着嘴巴道：「你不給錢，我開槍射死你。」

他的神情古怪，舉止失控，不是發神經，就是嗑了迷幻藥。唉！這個偏僻的社區，瘋子何其多！

「射吧！ Albert，開槍幹掉這個吃霸王餐的無賴。」老太婆比他更瘋。

「且住，我付錢，小心走火，錢在這裏。」我投鼠忌器，拿出一張 10元紙幣，揚了揚，然後放在桌上。

「嫲嫲，還射不射他？」Albert拿不定主意，回頭詢問老太婆。

驀地，店內的電燈「啪」的猛閃了一下，接着全店變黑，所有電燈沒有預告的一同熄掉。

眾人登時一呆。Albert分神，機不可失。

我閃身而上，左手伸前一探，抓緊槍管，向後拽奪，同時右腳偷步跨出，右掌在Albert胸膛一推，使出一式「單鞭」。Albert應手而跌，向外跌出簷廊，撞翻一張方桌，重重的摔在泥地上，爬不起來。

老太婆趕緊跑過去扶他。

在她扶起Albert之前，我把搶回來的來福槍托在掌上，高舉過頭，用指頭頂着，像轉風車一般把它順時針轉了三個圈，然後拔出子彈匣，退掉五顆子彈，拉去槍栓拉柄，擲甩瞄準器，拆除槍管，卸下槍托，掰開彈倉底板和護木，最後把解體後的來福槍零件一一擺在桌面，取回我的10元紙幣。

小May看得咭咭大笑。

「嘩！你怎做到的？」Rebecca看得目瞪口呆。

「人笨槍舊沒馬步，毫無難度。」我拍淨雙手的塵埃，「請別告訴我，這個Albert平日待人彬彬有禮。」

「Albert…… 的確是…… 很有禮貌……」Rebecca用手背拍拍前額，「天呀！我不懂說了，今天人人都反常。」

「你吃霸王餐，不付錢，打傷人，又拆散Albert的槍，你是無賴，你是強盜，正一烏龜王八蛋，你給我站定，等我去廚房拿菜刀砍你，站定，給我砍……」

Woo！此地不宜久留，還有任務要辦，縱使有時間也不可能留下來跟這對老瘋嫩傻糾纏下去。

「走，走，快走。」我催促Rebecca，速速離開黑店。

「究竟發生什麼事？」Rebecca滿腦疑竇，「今早我坐Albert的順風車往火車站時，他還好端端的，兩三個鐘頭之後，卻變了另一個人。Lisa嬸嬸、William叔叔也變了另一個人…… 慘……」Rebecca忽然立定腳步，想起什麼，「Ben一個人在家裏，他會不會也……」

「回家看看便知道。」

「走，走，快走。」這次輪到她催促我。

我們沿泥路直跑。老太婆在我們背後破口大罵，初時仍聽見她罵些什麼，我當然當作耳邊風。沒多久，距離漸遠，老太婆的罵聲逐漸減弱，就像蟲子羽音般的嗡嗚，跟林間的囀囀鳥叫慢慢融為一起，我開始樂得耳根清靜。再過一會，當再沒聽見老太婆的嗡嗚，只剩下鳥叫時，我看見另一間房舍。

房子是單層建築，用紅磚建成，外牆沒有抹灰粉飾，可以清楚看見紅磚的層層疊疊。

紅磚屋的門戶緊閉，窗簾全部放下，四周豎立一排高約半米、長短參差的木樁，把屬於同一業權的房子和土地團團的圈起來。

「你過去拍門找袋鼠博士吧。我要趕回家看Ben。」

言下之意，這間紅磚屋就是我的目的地。為進一步確定，我試着問：「你的家在哪個方向？待會我過去找你，確定Ben無恙。若有需要，我幫忙送他去醫院。」

「謝謝你。從袋鼠博士的家向南走十五分鐘……」Rebecca指着前面的紅磚屋，「便是我家……袋鼠……奇怪……」她的臉色一變。

我循着她的目光望過去，只見一頭尖耳方臉的紅大袋鼠在紅磚屋前面徘徊。袋鼠，澳洲多的是，有不妥嗎？

「妳奇怪什麼？」

「博士養的袋鼠怎會走出來了？平日博士把牠關在後園，絕不讓牠到處跑……」

哦，我明白了。那位博士飼養袋鼠作寵物，所以大家喚他作袋鼠博士。

「袋鼠跑出來了，一定有點不妥。」我朝袋鼠走過去。反正要進博士的家，無可避免的，先從牠身旁經過，瞧瞧亦無妨。Rebecca仍跟在我後面。

「有血……」她顫聲道。

紅大袋鼠前爪和後肢的皮毛上，都染有血跡。牠察覺我們走近，立即停步，人立而起，動作流暢，反應敏銳，毫無受傷跡象。血不是牠的。

我伸手攔住Rebecca，不再讓她們兩母女靠近紅磚屋。

袋鼠的種類很多，Kangaroo只是統稱，這種Macropus rufus（紅大袋鼠）是袋鼠族羣之中，體形最大的一種，力氣大，跳躍快，脾氣暴躁，攻擊力強，人們訓練牠們作「袋鼠拳擊」表演，普通家庭不適宜把紅大袋鼠關在家中飼養。眼前這頭傢伙，估計長1.5米，重85公斤，站起來足有2米高，比我高出一個頭，若被牠的「重拳」擊中，肯定頭破血流。

我跨過木樁，獨自走近紅大袋鼠。牠的體味又臭又膻，我不期然掩着鼻子。牠昂起頭，張大鼻孔左嗅右嗅，似在審度形勢。當我跟牠的距離收窄至三步，牠開始發難，粗尾撐地，雙腳一蹬，直撲過來，雙「拳」齊出，兇猛地爪劈我的頭臉。我早有準備，見牠的前肢一動，旋即紮穩馬步，兩掌一錯，一式「合久必分」，護住頭臉，輕易卸開牠的雙「拳」。

雙「拳」落空，我以為牠黔驢技窮，忘記了牠是袋鼠不是驢，也忘了這裏是澳洲，不是貴州。牠的一雙前肢竟順勢搭着我的兩臂，後腿隨即向前彈踢，直取我的小腹。我猛吃一驚，慌忙變招，使出「金雞獨立」，為免小腹受傷，大腿硬生生的捱牠一腳，唉！痛得很呢！一交手，便輸了半招，我惟有後躍，暫避其鋒。奈何跳躍這回事，人怎也及不上袋鼠，牠輕輕一彈，已追跳到我跟前，又是雙「拳」齊出。畜牲就是畜牲，不懂變化。哼！我若再被牠踢中，就從此退出江湖。我還是使出「合久必分」應付，不過，當牠再搭着我的兩臂待要起腳之際，我的變化來了。我迅速踢出一記「虎尾腳」，攻其粗尾，因當袋鼠雙腳離地之時，身體的平衡只靠尾巴支撐。

果然，紅大袋鼠「趴噠」的給我掃跌，橫臥地上。

牠皮粗肉韌，摔一跤不會受傷。即使傷牠不得，施個下馬威，挫其銳氣，也是一件樂事。不過，畜牲懂不懂什麼是「銳氣」，就很難說了。

不容我多想，一招得手，我不會讓牠有機會站起身。我乘勝追擊，跳步上前，右手掄起「虎爪」，攫住牠的粗尾，打算把牠拖回後園。才拖了十來步，牠在地上不斷亂抓蠻踢，左滾右翻，最終還是給牠掙脫。混亂中，我的右手被牠踢了幾腳呢！

重新站起後，牠沒再進攻，反而步步後退，大概看見我身後的深灰色高木柵，不想回「家」。

我於是拾起一把石子，使勁彈出一顆，擊中牠的鼻子，惹牠發怒。牠中石吃痛，立時獸性大發，發瘋似的追來。我一面彈石，一面退後，退至木柵的入口，赫然發現一人躺在打開的柵門旁邊。那是個中年男人，渾身污血，一動不動，不知是死是活？

稍一遲疑，紅大袋鼠已跳到我面前，朝我張口噬咬。幸虧我及時閃開，「險過剃頭」。就算沒被牠咬傷，沾上牠的臭口水，我也會嫌棄自己。

鼠敵當前，不能分神管那人死活，先關起臭袋鼠再說。我急急退入灰色木柵範圍之內，紅大袋鼠殺得性起，看來牠眼中只有我這個仇人，已不管什麼地方，大步大步的跳進來。牠一進來，我馬上轉身狂奔，奔至左側的木柵之前，曲腿一彈，施展輕功，一個筋斗，飛越木柵。身後「嘭」的一聲，紅大袋鼠追躍不過，撞在木柵之上。欄柵堅固，只是震了震，絲毫無損。

我一着地，極速繞到欄柵入口，臭袋鼠正回身衝出欄柵。我在欄柵之外，牠在欄柵之內，互相比拼速度，我終究快牠一步，及時掩上柵門，扣緊木柵門前的大鎖栓，百忙中，不忘向牠伸舌扮鬼臉，揶揄牠再度被困「家」中，如果牠明白我的意思，我就更加暢快。

「啊！袋鼠博士，他……」Rebecca趕到，失聲驚呼。

原來是他！

我彎身檢查袋鼠博士，並無脈搏，他的前額有個明顯的傷口，血已凝固，斷氣已一段時間，不知身上還有沒有其他致命的傷創？

「我去打電話報警。」Rebecca從後門跑進屋裏。

我扳開死者的手掌，他的左手中指果然戴着一枚莫納西學會的會員戒指，他就是空信封的主人，可惜已死，信封的疑團會否隨着他逝世而成不解之謎？

「阿Wing！」Rebecca在袋鼠博士的屋內呼喊。「什麼？」

「電話不通，電燈也不亮。」

「這兒也停電？」我走進屋裏，幾乎踢倒走廊地板上其中一疊厚書，跨過一個不應放在地毯上的咖啡壺，來到昏暗的客廳，在Rebecca手中取過電話話筒，試聽，線路一片死寂，按了幾下機座開關，仍舊沒訊號。這台電話跟它的主人一樣，喪失與現世的連繫，我惟有放棄它，檢查自己的手機，也沒訊號，真後悔今早嫌笨重，把衛星電話留在酒店房間裏。

「這區很少停電，電話也很少斷線，又沒暴風雨，搞什麼？」Rebecca左右張望，「搞什麼？這裏亂七八糟，Mary嬸嬸這星期沒替袋鼠博士執拾打掃嗎？」

「誰是Mary嬸嬸？」

「她是個寡婦，住在東邊，袋鼠博士給她工錢，一星期來這裏做三天家務。」

我四下察看，希望找到有用的東西，但不敢抱太大期望。

正門附近放了一個行李箱，袋鼠博士的確準備遠行。一半以上的書本從書架掉落地板，餐桌堆滿紙張、期刊、光碟、檔案夾，茶几擺着骯髒杯碟，沙發上有一塊被坐扁了的pizza，pizza下面還壓着一隻臭襪子，其中一塊天花吊扇的扇葉上掛着一塊抹布，組合櫃的掩門、書桌的抽屜、壁櫃的玻璃趟門，全部給人拉開，裏面的物品，部分散落地上。房子的凌亂狀況，既像有個起居習慣極不檢點的主人，也像有竊賊入屋大肆搜掠，可能兩種狀況同時發生。

「阿Wing。」Rebecca扯扯我的衣角，「那道門後面，隱約有燈光。」

不是停電嗎？咦，門隙透出的不錯是燈光，那就古怪了。我好奇走過去拉門，門又厚又重，估計外層是木板，內層是金屬，門框亦加固了，這道厚門用來保護什麼？我把門完全拉開，門後是一道木樓梯通往地庫，地庫燈火通明。我步下樓梯，下面是個設備先進的實驗室，停電之後，後備發電系統自動啟動。這裏通風完善，地方整潔，一台台的大型儀器擺放得井然有序，跟地板以上的凌亂，截然相反。

「工作桌有台電腦，我們可以利用它登入facebook，或者傳送email求助。」Rebecca跟着下來。

「等一等。」我盯着電腦旁邊的一列半透明容器，有些瓶蓋打開，有些瓶身傾側，「這兒是實驗室，不知容器裹裝的是什麼化學品，小May抵抗力弱，你們不要下來。」

「那瓶子……」

「快上去，別囉唆，別讓小May冒險，快。」

「是。」Rebecca把小May擁在懷裹，退返客廳。

我攆走Rebecca母女後，捏住鼻孔走到電腦前面。捏住鼻孔其實沒實際效用，只是心理上有點幫助，若空氣裹存着毒氣的話，要中毒，捏不捏住鼻孔，都沒分別。

電腦運作正常，可惜網絡連線須靠固網線路，要共用電話線，但電話線路已斷，這裹又沒安裝WiFi之類的無線網絡系統，得物無所用。

「阿Wing……」Rebecca在樓梯頂端緊張地壓低嗓子，「快上來。」

「紅大袋鼠又逃出來麼？」我跑上樓梯。

「殊——」Rebecca把食指豎直在我的嘴巴前，示意我噤聲。

我眨眨眼睛，用眼神詢問她「什麼事」。

她誠惶誠恐的把我拉到大門側邊，掀開門簾一角，用指頭指指外面，外面一定有些什麼異常事物。我斜眼一看，不禁一愕。紅磚屋外圍的木樁前後，站了二十多人，一字排開，有老有少，有男有女，再看清楚，他們全都木無表情，眼睜睜的瞪着屋子，各人手裏拿着澳洲土產武器── 木製回力鏢。老太婆Lisa除外，她拿的是木衣架。

風吹動他們的衣衫，吹亂他們的頭髮。但他們在風中木然不動。

「除了老太婆Lisa和Albert，其餘的，都是附近的居民嗎？」我輕聲問。

「是。Ben也在。」

「他不是生病麼？哪一個？」

「Lisa嬸嬸右側，戴牛仔帽那個。阿Wing，我有一種可怕的感覺，他們已經不是他們。我很驚。」Rebecca眼泛淚光，「我的意思是，身體仍是他們的，但好像沒有靈魂的軀殼。這些人，我自幼認識，從沒見過他們這樣，感覺很陌生，很離奇，他們中了邪術嗎？抑或被外星異形操控，像那些科幻電影一般？我很驚，他們會對付我們嗎？我和小May怎辦？我不想變成他們一樣……」Rebecca抽泣起來。

「為了小May，你要堅強。這樣才可保護小May，才可帶她逃到安全的地方。」

「我辦不到……」Rebecca哆嗦。

「看着我，Rebecca。」我把雙手搭在她的肩頭上，「我會盡力，不容許他們傷害你和小May。」

「多謝你。」

「呵呵呵，我砍了一棵樹，我砍了一些柴，呵呵呵……」外面傳來一段熟識的獨白，「今晚我在後花園燒一篝火，開個營火會，大家記緊來參加，呵呵呵……」

我和Rebecca立即再往外張望，但見William叔叔推着疊滿木頭的木頭車，挺着大肚腩，擺着屁股，笑容可掬，在村民背後經過。二十多個村民沒一個理會他，都像木雕土偶一般，呆立不動，仍舊目不轉睛的瞪着紅磚屋。

「看，他車上的木頭，放在最頂的那塊，上面有塊金屬牌。」Rebecca道。

「那是，那是電線桿上記號牌。」我恍然大悟，「啊！他原來砍下一株電線桿。怪不得電力突然中斷。」

「William叔叔幹什麼錯砍電線桿，弄斷電線？」

不止電線，連同電話線，一同桿倒線斷。真無稽！他明明說去砍樹的。樹和電線桿的外形，分別極其明顯，他竟會砍錯。最接近事實的解釋是，他神經錯亂。

「這個小社區，人人都神經錯亂。看來是集體突發事件，發生在你今早往柏斯找我之後。短短兩、三小時內，這地發生什麼事情？」

「太恐怖了。」Rebecca不住搖頭，「他們會攻進來嗎？」

「很難說。」

「你一個人怎敵得過他們？」

再多二十個，我也不放在眼內；然而，他們都是尋常百姓，不是恐怖分子，當中還有老弱婦孺，我極不願意傷害他們，尤其根本不知他們身上發生什麼事，如果是病毒感染，或短暫的精神問題，透過治療可以康復，我更不能傷害他們。不過，他們若襲擊我們，我沒可能不動手，任由他們傷害Rebecca母女。動手難，不動手也難，頭痛！

「外面有動靜了，Lisa嬸嬸她……」

門外，Lisa老太婆緩緩踏前幾步，又停下來，一張僵化了的臉孔，沒喜怒哀樂。我無從憑她的表情猜測她下一步行動，惟有提議：「靜觀其變，別作聲……」

「哇……」

Rebecca合作，不作聲；小May卻不肯合作，放聲大哭。

「乖…… 別吵……」Rebecca慌忙摀住小May的嘴巴，卻又怕女兒氣悶，她的手掌罩在小May臉上，弄得小May更不舒服，哭聲更吵耳。

換上是個大人，我一定打暈他，但BB，我無計可施了。

屋外，老太婆張開嘴巴，發出猴叫一般的「吖」，然後舉起木衣架，大力擲過來——

「啪——」木衣架丟落離大門一公尺的碎石徑上。她有意擲到那個位置，還是力度不足，中途丟下？

「退開。」我拍拍Rebecca，一來遠離門窗，以策安全，二來換個位置，小May可能不哭。

Rebecca剛退開兩步，二十多把回力鏢同時攻至——

「乒——」玻璃窗遭擊破，碎片亂飛。

「噗——」牆壁被擊中。

「嘭——」有人踢門。

他們轉眼便攻進來。

本來一個打二十個，我綽綽有餘，但此際身後站着一個抱着BB的年輕媽媽，情況就大大不同。不管我的動作多快，出招多狠，也絕不可能同一時間制伏二十多人，總有機會走漏幾個分頭襲擊Rebecca母女，到時我就鞭長莫及。與其看着她們受襲，倒不如避一避風頭，不作正面對抗，何況我亦不想打傷他們。

大門被踢開。

「退！快退入實驗室！」我護住Rebecca母女躲進地庫。

一把回力鏢從我頭頂擦過，「啪」的擊中牆上的鏡畫，玻璃應聲破裂，連畫框一併塌下。

我急急關上地庫的厚門，扶她們步下樓梯，叮囑道：「不要觸摸任何東西。那道門很堅固，他們攻不入，不用擔心。」

密集的腳步聲、重物墜地的聲音、物件摔破的聲音，由客廳的地板傳到地庫的天花。從回音和震盪推斷，地庫的天花和牆壁都加固了，他們在客廳搗亂，全不損害地庫的結構。偶然，有人在外面用力撞了厚門幾下，撞不開便放棄，並不堅持破門而入。神經錯亂的人真難捉摸，他們攻進屋內，想要什麼？我不知道，也許，他們本人也不知道。

坐在梯級上，我擁着Rebecca，Rebecca擁着小May，已沒什麼可以說了，只是安靜地等待，等待「噪音」快些靜止。

由於隔音良好，我們頭頂的破壞聲音，似近還遠。他們的破壞行為似乎與我們完全無關，不會殺到我們頭上。不過，想到二十多個失控的街坊瘋子在樓上胡作非為，沒有法律管制，沒有道德束約，就感到不安。

為了小May，Rebecca忍住不哭，小May似乎感到媽咪不開心，不敢再哭，一雙小眼睛溜溜打轉，瞧瞧媽咪，瞧瞧我，瞧瞧周圍奇形怪狀的儀器。

不久，樓上沉寂下來。

「他們走了？」

「可能。」我爬到門邊，聽了一會，外面沒有動靜。我說：「我們多等兩分鐘。」

「對，小心駛得萬年船。」Rebecca點頭。

小May打了個呵欠。

兩分鐘過去，外面風平浪靜，那班街坊瘋子大概已跑光。他們往哪裏去了？將作什麼破壞？他們的行為，沒邏輯可言，比天氣更難測度，我才不會費神研究，總之，他們離我們愈遠愈好。

「外面應該安全。」我還是謹慎地慢慢把門推開三吋，先從門隙瞧清楚，再側耳聽清楚，肯定安全才放膽走出客廳。

嘩！

先前，我以屋主不檢點和竊賊搜掠來形容這屋的狀況，現在，我收回，我更正，最貼切的形容是：一股小型龍捲風幾分鐘前吹過玄關，循東北偏北路線迅速移入屋內，橫掃客廳、飯廳，直捲廚房、浴室，波及書房、睡房，最後在後門消散。

破壞驚人，滿目瘡痍，這房子，要繼續住下去的話，修葺、翻新已不可行，把整間房子拆掉重建是惟一辦法。

「我們盡快離開。」我扶着Rebecca跨過雜物，來到玄關。大門已經不存在，從空空的門框望向外面，遠遠看見那幫瘋子俘擄了紅大袋鼠，一個跟着一個的，像一隊行屍，朝南面走去。其中六人把紅大袋鼠困在尼龍網內，再用一根又長又粗的木棍穿過網孔，前後各三個人把牠扛在肩上，走在隊伍的最前端。他們要把牠擄到何處？幹什麼？要把它製成「午餐肉」？天曉得。紅大袋鼠看似給他們打傷了，軟弱無力地掙扎。看來牠這趟劫數難逃。

「我要回家。」

「不行，你的家在南面，他們正往南走，你若遇上他們，可能也給他們綁起來。」

「但小May快餓了。今早出門我只帶備一餐份量的奶粉，以為午餐前後可以回到家裏，沒想過遇上這麼多怪事。」Rebecca想起女兒捱餓，方寸大亂。

「唔，讓我想想，妳的家一定不能回去，不回去，小May沒奶喝…… 老太婆的雜貨店有奶粉出售嗎？」

「有。」

「這樣吧，我們就去雜貨店取奶粉，然後開雜貨店的車子逃走。」

「好主意，我怎想不出來？」

「動身吧。」

2

Auntie Lisa's Grocery在北面，我們沿泥路趕回雜貨店，所有街坊瘋子都往南面走，路上平安無阻，逃離這個瘋子社區，應該很順利。

風從我們身後吹來，陽光把我們的影子貼在路上，不知為何，我想起小飛俠Peter Pan，Peter Pan的影子有可能是被風吹甩的嗎？

「阿Wing，你認為，人有靈魂嗎？」Rebecca在我身後問。

「人人都說，人是萬物之靈，人當然有靈魂。」

「聖經說，神用地上的塵土造人，將生氣吹進他的鼻孔裏，他就成了有靈的活人。」

「我也讀過聖經，沒記錯的話，神創造飛禽走獸時，並沒向牠們做同樣的吹氣動作，所以惟有人類才有靈魂。」

「可是，Albert他們的行徑如同野獸，他們的靈魂在哪裏呢？」

「他們可能有病。」

「剛才躲在地庫 ，聽見他們在樓上呼呼嘭嘭的破壞，我想起John給我的信。John告訴我阿富汗的情況，有人在市集投擲手榴彈，給炸死的都是無辜的老弱婦孺。」

「那些恐怖分子肯定有病，喪心病狂。」

「有一次，John的巡邏小隊遇襲，被迫躲進廢屋裏。他告訴我，子彈從四方八面射過去，打在牆上，呼呼嘭嘭地響，聲音非常恐怖，他連頭也不敢抬高，真是難為他。我們在鄉下長大，與世無爭，一直過着平安而美好的生活。我完全體會不到John所描述的恐怖；但剛才在地庫裏，我體會到了。本來恐怖在遙遠的阿富汗，一下子變得近在咫尺。美好彷彿在家鄉消失了，平安在哪裏？神在哪裏？」

「如果，聖經的記載是真的，神創世之初，一切原是美好的。把世界弄得愈來愈醜惡，是人類本身。我不是偏袒神，只是以事論事，我們人類不爭氣，早晚自食惡果。」

「如此說來，人類最終的命運豈不是自取滅亡？」

「人類若醒覺，停止互相殘殺、停止污染地球，或能自救，不過，這是長久的工作。眼下，我們先解決當前的問題，小May肚子餓。」我指着前面的Auntie Lisa's Grocery。

「噢，對。」Rebecca回過神來，加快腳步。

老太婆Lisa的雜貨店空無一人。被Albert撞翻的桌子，四腳朝天的擱在簷前的泥地上，沒人扶正。變冷的可可、炸魚薯條、Manuser來福槍的零件仍整齊地擺在桌面，沒人執拾。情況跟我們離開前一模一樣。

雜貨店的Toyota客貨van泊在雜貨店旁邊，我經過時瞧瞧駕駛座，車匙仍插在匙孔內，車門亦沒鎖，天助我也。

「等一下。」我着Rebecca停步，站在雜貨店門前，聽了一會，裏面毫無動靜，便閃身入店，靠左睨右，靠右睨左，沒人，再查一遍貨架、廚房，確定安全，我才讓Rebecca進來。

Rebecca急不及待跑到左側的貨架，找到未開封的奶粉，在廚房盛點熱水，便馬上解下小May，為她調奶。她兩母女折騰了大半天，都累了。我搬來一個盛罐頭午餐肉用的紙箱，放在餐桌上，脫下風衣，把風衣摺疊成方形，墊在箱底，讓吃飽奶的小May舒舒服服地躺在紙箱裏。小May一面享受媽媽替她換紙尿褲，一面打瞌睡。安頓小May後，Rebecca坐在桌前，搓揉肩膀、手臂。

我先喝一大口可樂，再打開罐裝煉奶和瓶裝花生醬，做了兩份簡單的奶醬三文治，打算待大的和小的都吃飽，便動身離去。

「好味道。」Rebecca吃得津津有味。

我把空可樂罐扔進垃圾桶裏。

「噹——」

垃圾桶底原來棄置了玻璃器皿，瞧一眼，不禁「咦」了一聲。

「那是什麼？」Rebecca好奇地問。

「這些…… 玻璃碎片，似乎跟博士實驗室裏的半透明容器相同。」

「讓我看看，對啦，這瓶子，今早在Albert的車上見過。Albert說，袋鼠博士大清早打電話找他，好像是急事，但當他抵達博士家門前，博士打開大門，什麼也沒說，只塞給他一個瓶子，然後把門關上。Albert多拍門一會，見博士沒回應，便開車返回雜貨店，途中遇見我，順路送我一程往火車站。」

「這瓶子…… 很不對勁……」

此時，微弱的腳步聲，雜雜沓沓的，從公路那邊傳過來。我和Rebecca不約而同閉上嘴巴，快而靜的移步到門邊，探頭向外窺視，只見四個漢子列隊而來，一個跟着一個，都扛着大斧頭，步調均一，步伐整齊。

「他們也是附近的居民？」我低聲問。

「Mario三父子，住在北面。 走在前頭的Liam，是William叔叔的姪兒，在墨爾本讀大學，幾天前和幾個同學前來探望William叔叔兼度假。」

「外來人也中招……」我滿腦子問號，「神經失常，似乎不限於本地人……」

「其實很難劃分外來人和本地人，這個社區的人不少從外面遷入，住久了便成了本地人，例如William叔叔也不是本地人，他大約五年前搬來定居，遷入的時間跟袋鼠博士差不多。」

四人快到店前，我們不敢再看，縮回門後，貼牆而立。

他們可能路過，也可能進入雜貨店。

Rebecca不安地盯着我，伸出食指，指指店外，再指指店內。她的意思是問，如他們進入雜貨店，我們怎應付？

我於是指一下紙箱內睡得正香的小May，再指一下廚房，示意萬一他們進來，她就抱小May躲進廚房裏。

Rebecca點頭同意。

我四下打量，看看有沒有「武器」。外面那枝

Manuser來福槍可惜給我拆散了，店內，呀，有了，掛在貨架上的地拖棍，可勉強權充齊眉棍。一根齊眉棍對付四柄大斧頭，「武器」雖稍為吃虧，但我以拳腳功夫克敵，以一敵四，勝算仍高。

剛把地拖棍擎在手裏，四人的腳步聲由遠而近，已達門外。Rebecca心慌意亂，想走過去抱小May。我一把拉住她。她定一定神，靠着我，不敢再動。小May安靜地熟睡。四人只是路過的話，不會察覺店內有人。

急速的脈搏跳動自Rebecca的手腕傳到我的掌心，受她的情緒影響，我的心跳不期然也加快起來。

腳步聲依然「沓沓」作響，不過，已變成由近而遠。他們在門外經過，沒有逗留，過門不入。

待腳步聲漸弱，我們悄悄偷看一眼，四人向南而去，愈走愈遠。

全身繃緊的Rebecca，這才敢放鬆下來，幾乎軟倒我身上。

此時，遠遠傳來車聲。

我們再往外看，只見一輛銀灰色的Volkswagen從公路那邊駛來。

「認得這輛Volkswagen 嗎？」

「不認得，附近沒人開這款汽車。」

「路只得一條，車子繼續向前駛，會遇上Liam和Mario等人。不管司機是誰，得要提醒他……」我不禁焦急起來。

說時遲，這時快，泥路左側的山坡上，一株樫樹突然坍塌，Volkswagen「剛巧」駛到，塌樹「剛巧」砸中車頭，Volkswagen 煞車，車頭大幅凹陷，擋風玻璃破碎。

「我們快去救人……」

「等一等。」我拉住Rebecca，把她拉回門後，因為山坡林間人影晃動。塌樹不是意外。

未幾，Volkswagen 的司機從車窗爬出來。看清楚，那人竟是酒店餐廳侍應Sean！

Sean跑來這裏幹什麼？下午放假嗎？他不是習慣

放假出海釣魚麼？

他看來受了點傷，腳步浮浮，動作並不靈活。

「我們還等什麼……」

Rebecca還未問完，兩把回力鏢一左一右的從林間飛出，在空中描出兩道弧線，同時飛向Sean。Sean跳開，避過左邊那把，卻被右邊那把擊中頭部，昏倒車旁。左邊那把回力鏢在Volkswagen車頂掠過，在空中繞了一圈，飛回原處。一人從樹後踏出，伸手接住。

「我認得他，他是Liam的同學。」Rebecca道。

Liam和他的同學虎背熊腰，孔武有力，不消說，一定是大學欖球隊成員。

此時另一個「大隻佬」也現身，手裏拿着尼龍網和木棍。

「這個也是Liam的同學？」

「對。」

兩個「大隻佬」不發一言，合力用尼龍網把Sean套住，再用木棍穿過網孔，連人帶網扛在肩上，手法跟俘擄紅大袋鼠完全相同。

「塌樹封路，林裏仍有埋伏，我們走不成了。」我百思不得其解，「這班街坊瘋子做事有紋有路，似瘋非瘋。」

「他們要把那人扛到哪裏？」

「也是向南走。南面除了你的家，還有什麼？」

「William叔叔的家。」

「營火會！」

風隨暮色在林間吹出，微微帶着寒意。

III 奪命之火

侍應竟是特工，轉眼將變「午餐肉」！

紅磚屋頓成一片火海，母女危在旦夕！

阿Wing要如何應對？

1

儘管資料不齊全，仍無礙我把事件的零碎片段重新梳理。對昨晚至今早在這個偏僻小社區裏發生什麼事情，作出以下推斷：

1. 最重要的一點，袋鼠博士肯定是那個交物件給我的人，當然那物件絕非空信封一個。
2. 袋鼠博士無意現身。他的計劃是，把物件交給Ben後，翌日離開，不讓澳洲政府人員追查他的行蹤。
3. 當時袋鼠博士頭腦混亂，假設是不小心打翻裝有某種化學品或神經病毒的容器，因而受到影響。而Ben到他家中取信封，假設同樣受到影響，也變得神經錯亂。Ben回家後曾與Rebecca和小May接觸，但她們毫無異樣，證明這種神經錯亂不會人傳人。
4. 由於頭腦混亂，袋鼠博士可能忘了已把物件交給Ben，或想起那物件不是信封，或想起有物件要交給身處柏斯的某人卻忘記哪是什麼，於是在家中瞎找一通，弄至亂七八糟。及後，他打電話召來Albert，把半透明容器交給Albert，卻沒告訴Albert要把容器帶往柏斯。

5. Albert把容器帶返雜貨店。在店裏，假設有人不小心把它弄破，洩漏化學品或神經病毒，影響老太婆Lisa、Albert和所有顧客，導致整個社區人人神經錯亂。

6. 袋鼠博士糊裏糊塗的打開木柵，放出紅大袋鼠。他額上的傷，可能是遭紅大袋鼠攻擊所致，傷勢雖不是即時致命，但受傷後沒人知曉，最終失救致死。實情是不是這樣？有待驗屍官確定。

以上推斷，部分建基於事實，部分建基於假設，肯定不是事實的全部，存着很多疑點：

1. 今早，真的整個社區的人都在雜貨店購物、喝咖啡嗎？總有人沒去吧？由於神經錯亂並非人傳人，沒去雜貨店的人應該不受影響；然而，除了今早離開社區的Rebecca母女，我沒發現不受影響的人，為什麼？

2. 袋鼠博士是頂級科學家，怎可能犯上實驗室的低級錯誤，打翻裝着危險品的容器？
3. 一般情況，病毒於空氣中生存的機會極微，由以上兩點進一步推斷，在袋鼠博士家中弄破的容器，以及在雜貨店弄破的容器，裏面所裝的東西，也許不是神經病毒。若不是神經病毒，而是化學品，什麼化學品能導致吸入者神經失常？
4. 若不是化學品或神經病毒引致集體失常，那又是什麼原因呢？會不會真如Rebecca所說，是中邪或外星異形入侵？
5. 這些街坊瘋子的行徑，包括砍電線桿、封路、冤枉我吃霸王餐、搗亂袋鼠博士的紅磚屋、擄袋鼠、擄人，似是毫無意識的胡作非為，背後又卻似按某種模式行事，他們到底是真瘋還是假傻？
6. 按照原定的交收計劃，我收到的物件會不會就是那種化學品或神經病毒？對於那可怕的東西，澳洲政府知道多少？如果他們知情，為何請我幫忙時，不叮囑我一聲？萬一我中招，豈不是害了我嗎？

7. Sean與事件有什麼關係？他跑來這個偏僻社區幹什麼？他到底是什麼人？

Sean從柏斯開車來這裏，肯定不是路過，他顯然知道內情。他被街坊瘋子擄去「參加」營火會，可能有生命危險。救他出來，問個明白，是我可以想到的下一步行動。

所以，今晚我來了。

我伏在William叔叔的屋頂，携着Albert的Manuser來福槍。

房舍的後園火光熊熊。一篝柴火正燒得燦爛。由於四周沒半點燈光，火光顯得分外耀目。

下面，三十六人站在池塘旁邊，整整齊齊的排成四行，每行九人，暗合三十六天罡之數。他們盡皆木然肅立，面對篝火，背向房舍，誰也不說一句話，誰都沒動過一下。眼前這光景，令我想起某種邪教儀式，也讓我對化學品、神經病毒的假設，開始動搖。邪教入侵小社區，引致居民集體失常的可能似乎較大。晚上，氣溫急跌，加上颮風，戶外的溫度大概只得攝氏5度左右，與日間的攝氏20度，相差很大。他們身上所穿的仍是日間所見的單薄衣衫，他們不冷嗎？

我早把風衣的拉鍊拉盡，還把帽子拉低罩着頭臉。

中邪的人也許對冷熱沒感覺，抑或篝火的熱力多少產生一點取暖作用？

由於背着我的關係，我看不見他們的臉孔，沒法從表情分辨他們是否在捱冷。不過，估計他們跟日間沒分別，也是木無表情的。

篝火用木頭、柴枝堆架而成，「咇咇卜卜」的，火勢愈燒愈熾烈。紅紅的火舌左搖右擺，上下跳躍，像昂首吐舌的毒蛇隨着笛聲扭動軀體，表演「舞姿」之餘，隨時會噬你一口。

「啪——」一陣火屑從火堆裏彈出，濺到Lisa老太婆（我憑身型認出是她）身上，她不閃不避，渾然不覺似的。嘩！對炙熱、對痛楚竟沒感覺！如把他們移到戰場，肯定變成一批亡命敢死隊。

篝火的左右兩側，各豎了一根木丫，若把食物架在丫上，這個「邪教取暖聚會」立即變成「街坊BBQ聯誼」。木丫之間的闊度，足夠燒一頭野豬、一頭山羊、或者一頭袋鼠。

紅大袋鼠可憐兮兮的被人用鐵鍊箍着長頸。鐵鍊的另一端扣在鐵圍欄之上。牠可能嚐過掙扎無效的失落，如今垂頭喪氣的伏在鐵欄前面，日間追打我的「袋鼠拳王」風範，蕩然無存。

至於另一個俘虜Sean，則雙手反綁在另一邊的鐵欄上，嘴巴給牛皮膠紙封着，一臉茫然的看着一眾「街坊」舉行什麼古怪的篝火儀式，可能正擔心他們燒烤袋鼠作晚餐或祭祀之後，意猶未盡，打人的主意。

噢，忘了交代Rebecca和小May。我不敢帶她們來冒險，尤其小May，她隨時鬧别扭，一旦哭鬧起來，就等於告訴眾人，我們在這裏，大家來捉我們吧。故此，我把她們安置在相對安全的地方。

哪裏？

聰明的人不難猜到，這個社區目前惟一穩妥的地方，只有袋鼠博士那個堅固地庫。我在雜貨店取了足夠的奶粉、紙尿褲，用保溫壺盛了熱水，帶Rebecca母女到袋鼠博士的家，叮囑Rebecca鎖好地庫的厚門，坐在木樓梯上等我回來，除我以外，任何人都不得開門。待我把Sean救走，再跟她們會合。

可是，下面眾目睽睽，如何救Sean？

篝火繼續「哋哋卜卜」的燃燒，熱氣裊裊升起，升過屋頂，給晚風吹散。樹葉在晚風中「嘶嘶沙沙」的互相廝磨，夜鳥隱藏在茂密的枝葉後面，偶然發出幾聲「喔喔」啼叫。樹頂的天，低闊無垠，天上的月，又圓又白，月球表面的地勢紋理，清晰可見，天上沒一片雲，月光盡情的鋪灑大地。恐怖小說作家喜以圓月借題發揮，常見的題材，是人的情緒受月圓影響，變得衝動、激動，動不動就想殺人。然而，下面的三十六人，個個靜如深海，穩如山岳，若沒外力界入，他們很可能整夜呆站不動，即使天打雷劈，也不理會。

我可沒如此耐性了。他們不動，我就製造騷動。

我舉槍瞄準紅大袋鼠的長頸，準星由它的長頸開始慢慢沿着鐵鍊移動，最後停在繫緊鐵欄的鍊扣之上。以我的眼界，射破鍊扣沒有難度，但這枝老舊來福槍的性能是否可靠？實屬疑問。加上照明不足，或者紅大袋鼠突然跳起，種種變數，都會使我失手射中牠。射中牠，本不打緊，但破壞我的救人計劃，就害我白走一趟。故此，我要盡量避免射失。袋鼠拳王，你乖乖躺着別動，保持目前姿勢就可以了。

我確定瞄準目標後，忍住呼吸，左手穩定槍身，右手食指扣動扳機——

「呯——」

沒料到，老舊來福槍的防震設計差劣到不能接受，子彈爆飛產生的強力反震集中在槍托之上，出奇不意的撞擊我的肩膀，幾乎把我從屋頂震了下來。

槍聲，在寂靜的郊野形成一記轟然巨響。

巨響像一個旱天雷劈落屋頂，再由屋頂傳到牆壁，反射到後園，穿過樹林，越過池塘，響徹郊野。

我的耳朵一片嗡鳴。

只見鐵欄閃起一剎火花，紅大袋鼠受驚彈起，忘記頸上仍箍着鐵鍊，發狂似的拖着鐵鍊向外逃跑。不是向外，你的路線是向內啊。我托起來福槍，再轟一彈。這次身體和心理都有足夠準備，不受反震和巨響影響。子彈擊落紅大袋鼠腳前半公尺，牠怪叫一聲，轉身瞎衝。那三十六人依然屹立如山。紅大袋鼠不顧一切的衝過去，接下來，形勢不變的話，將會出現「保齡效應」，牠撞入人羣，至少撞翻十個八個。

突然，屋前的小徑傳來：「呵呵呵…… 我砍了一些柴，生了一篝火，呵呵呵……」

回頭，只見一人推着木頭車，走在陰暗的小徑上。黑暗中，即使瞧不清他的面容，也慨歎一句：William叔叔真是傻得徹底，不分天亮天黑，不停砍伐，這趟不知他砍了什麼回來？

差不多同一時間，後園裏，老太婆Lisa張開嘴巴，又發出猴叫一般的「吖」聲，且舉起木衣架。紅大袋鼠聞聲猛然醒覺，急急收步，忙亂之間，前腳絆後腳，摔了一跤。老太婆收起「吖」聲，把木衣架甩出。雖然擲不中，但如我所料，當木衣架丟落在紅大袋鼠身前時，三十五把回力鏢旋即飛出。紅大袋鼠剛一個扭身從地上蹦起，回力鏢就「劈劈啪啪」的打在牠身上，牠一面吃痛哀號，一面轉身逃竄，跳過泊在池塘旁邊的銀白色休旅車，在車頭踏了一腳，逃進漆黑的長草野地裏。

三十六人一窩蜂似的追殺過去。

休旅車的車頭多了幾十個腳印。

人去園空，我趁機躍下屋頂，跑到Sean跟前，撕去他的封嘴膠紙，用槍嘴抵住他的前額，問：「Who are you？」

「I am Sean！」

我搖搖頭，不滿意地說：「你沒回答我的問題。別告訴我你是Criterion Hotel的餐廳侍應。」

老太婆Lisa的「吖」聲在一片烏黑的野地裏響起。

「啪——」一把回力鏢擊中Sean身旁的鐵欄，反彈打中他的臉。

「Okay，fine，我是澳洲特工，隸屬澳洲國防部。」

另一把回力鏢飛到，我用槍管在Sean鼻尖前把它撥落。

「你假扮侍應監視我？」

「我不是監視你。我的任務是當你收到樣本後，給你指示，把樣本帶到澳洲軍方的祕密實驗室。必要時，我從旁協助，確保交收順利。」

突然，「彬彬有禮」的Albert如狼似虎的撲過來。我使一記轉身側踢，把他踢翻，邊踢邊問：「什麼樣本？」

Ben和一個大鬍子左右夾擊。

「事情太複雜了！你先救我脫險，我向你詳細交代，快！」

我以來福槍作齊眉棍，拖步進馬，左右斜打。詎料，「左打」掃跌Ben後，「右打」才使了半招，Albert竟若無其事的爬起身，從旁偷襲，舒臂擒抱，攔腰把我抱住。今午他不堪一擊，士別幾個鐘頭，卻變得氣雄力猛，不懼痛楚，若非我腰健步穩，已給他擒倒地上。勉強站穩馬步，大鬍子手執回力鏢，向我的頭顱使勁敲下。我給Albert死命抱住，脫身不得，沒辦法，保命要緊，惟有開槍射擊大鬍子。

扣扳機——

「卡——」

老舊來福槍真不可靠，只能發射兩彈，第三顆子彈卡死在槍膛內。

錯失一次射擊的機會，回力鏢轉眼敲到，第二次機會絕不容失手。我跨一個弓步，握緊來福槍，前推直刺。這是步兵的傳統格鬥招式，現在雖欠一柄裝在槍管下的刺刀，但來福槍比回力鏢長，比回力鏢直，就在千鈞一髮之際，我的槍嘴重重的搠中大鬍子的胸膛，大鬍子的回力鏢僅僅觸及我的額角。

大鬍子悶哼一聲，癱軟倒地。

我棄掉來福槍，反手一掌「神龍擺尾」痛擊Albert的後腰，即時見效，Albert雙臂的力度明顯減弱，我乘勢掙開他的環抱，回身一記「膝撞」加一記「肘擊」，狠狠的把他擊倒。

「快放開我呀！」

一個胖子來勢洶洶的撞向Sean。

我從腰間抽出鏢刀，擲出，喝道：「中！」

鏢刀擦過綑綁Sean的繩索，劃出一道破口，「鈎」的打中鐵欄，彈落草地。

繩索一鬆，Sean馬上掙脫綑綁，飛身滾開。

「嘭——」胖子撞到鐵欄，反彈三米摔在草地上。鐵欄前後大幅搖晃，令人聯想到西班牙的奔牛節，蠻牛發瘋似的撞牆、撞欄、撞人。Sean若不是及時滾開，夾在胖子和鐵欄中間，肯定斷三條肋骨。

左邊，Ben又爬起身。右邊，多湧來Mario三父子。對方不僅人多勢眾，而且戰鬥力出奇驚人，好漢不吃眼前虧，人已救出，撤退為上，沒必要跟他們瞎纏亂鬥。

「呼——」老太婆Lisa的木衣架朝我飛來。

我明白了，這是攻擊訊號。我一掌揮出，把木衣架推向篝火，跌在木丫旁邊。十多條人影隨即衝向篝火。Ben和Mario三父子一同轉身，毫不猶疑地撲火而去。

「退！」我一個魚躍加前空翻，越過鐵欄。

Sean也跟着翻欄而過。

身後火光驟暗，篝火給他們撲滅。失卻惟一的光源，四周暗昧一片，我和Sean踏着月色，趕回袋鼠博士的家，接應Rebecca和小May。

2

Anderson博士一直在澳洲衞氏基金科研中心工作，是國際上數一數二的腦神經研究權威，在科學界、醫學界地位崇高，備受尊敬。大約七、八年前，他着手培植一種神經病毒，用以治療與腦神經有關的疾病，如老人癡呆、柏金遜症、顫抖症、癲癇症、大腦痳痺等。

Anderson博士對這項研究懷有極大期望，常跟助手團隊說，那是一項突破性的偉大工程，造福人類，恩澤後世。科研中心非常重視Anderson博士的神經病毒研究項目，全力支持，要錢給錢，要人給人，要地方給地方。起初一、兩年，研究過程雖遇到大大小小的阻滯，但Anderson博士都一一迎刃而解。他十分投入工作，廢寢忘食。搞科研的人，需要理智，也需要激情，是兩種極端的混合。在Anderson博士身上，經常散發理智與激情融為一體的非凡魅力。大家都對他滿有信心，覺得成功是遲早的事。終於，踏入研究的第三個年頭，成績出來了，Anderson博士連串實驗結果所得的數據，在在顯示神經病毒具正面的治病功效。大家開香檳慶祝，有人更憧憬這項研究將得到諾貝爾獎項。與此同時，卻有人複核數據，發現Anderson博士的神經病毒有可能造成對病人的思想、行為某程度的控制，出現另一個極端。

科研中心因而出現激烈的內部爭論，最後，最高管理層以「可預見的風險超乎醫療價值、有違人類道德、與衞氏基金的宗旨不相符」為理由，通過行政指令，終止Anderson博士的神經病毒研究項目。

Anderson博士力爭無效，憤然辭職，避世隱居，自此消聲匿跡。

五年後，科研中心的主管收到Anderson博士的來信。在信裏，Anderson博士首先通知對方，神經病毒研究成功，暫時稱之為病毒A。接着，Anderson博士警告，除非科研中心賠償他的名譽和金錢損失，不然的話，將出現令澳洲政府尷尬、令衞氏基金愧疚的嚴重後果。信內還夾附一份實驗數據資料，供研究中心參考。

主管馬上命人複核那份資料，結果證實Anderson博士所言非虛，病毒A的確成功培植。由於事態嚴重，主管通報澳洲政府，交代事情始末，並指出病毒A「天使與魔鬼」的兩種極端效能。

過了兩天，主管收到Anderson博士的第二封信，說會交來一個病毒樣本，給科研中心測試確認，需要一個中立的、可信靠的不知情人士作中間人，負責樣本交收。他聽過我們組織的事蹟，就提議主管作出安排。

又過了兩天，Anderson博士的第三封信寄到科研中心，說明交收樣本的地點、大概日期、時間，以及暗語。Anderson博士聲言，到時如有任何軍方、警方人員在場，交收立即取消，所引發的嚴重後果，將由澳洲政府和科研中心承擔。

就這樣，害我急急忙忙乘坐七個半小時航機，來到柏斯。

「明知病毒A對人類帶來不良影響，你們怎不告訴我相關風險？」我真想揍Sean一頓。

「據專家說，病毒A曝露在空氣之中，最多只能存活幾秒鐘。專家又說，除非直接吸入或透過注射，人類受感染的機會甚低。」

「我呸！你看那羣街坊瘋子，他們分明受到病毒A感染。」

「所以，我一再強調，是專家說的。」Sean一臉不屑，「他們躲在實驗室裏根據數據資料估計，紙上談兵，跟我們實際面對疑似受感染的病人，是兩碼子的事。」

「也許，病毒變種。也許，袋鼠博士，即Anderson博士，沒披露全部資料。也許……總之現在情況失控。博士已死，病毒A樣本不知所蹤，三、四十人受到感染，現場只得我和你，沒可能處理。」

「對，我要盡快通知上司，派軍隊出動，全面封鎖這個社區。但，通訊器材還在車上。」

「今早，我還未吃早餐便開始跟蹤Rebecca，而你，差不多黃昏才趕到，躲懶嗎？」我半開玩笑。

「躲懶的是那巴士司機Paul，他溜到咖啡店跟人談天，我幾經辛苦才找到他，確定你們的下車地點。」

「總之，這地方的辦事效率太低。我們先接走Rebecca和小May，再去……」

我嗅到陣陣焚燒的焦味，登時一愕，這個時間，會有什麼着火？

「有火光。」Sean指着前面。

強烈的不安衝擊我思緒，我的心怦怦亂跳。我不敢多想，只管向前跑，跑過彎角，一看，黑煙混着橘紅色的火焰從紅磚屋的門窗溢出，牆壁亦冒出火苗。

Anderson博士的家失火！

「她們在裏面呢！」我拚命奔過去。Anderson博士的地庫結構堅固，關上厚門，可以防煙隔火，我仍有機會把她們救出來。

大火的聲音，像火車引擎開足馬力，「呼呼隆隆」的咆哮。熱煙燻得我眼睛發痛。火場縱然寸步難近，但我非進去救人不可。

「等一下。」Sean扳住我的肩頭，「危險……」

「救人要緊，沒時間了。」我甩開他。一般家居火災的火場溫度可達攝氏1000度，逃生機會以秒計算，刻不容緩。

「你這樣衝進去，救人不成，自身難保。」他扭開屋前草地用來澆草的水龍頭，拿起膠喉向我射水，先把我徹底淋濕，再弄濕鋪在台階上擦鞋底用的地毯。

還是他夠冷靜。

我拾起濕淋淋的地毯，披在頭上。

Sean向玄關射水，射熄進門位置的火焰，為我開路。

冷水一沾到滾燙的牆壁、地板，立即激起一陣沸氣，灰燼迎面撲來，辛辣嗆鼻。

玄關的火勢稍減，我一低頭，就衝進屋裏，像跳進「陳記燒鵝」的烤爐一般，身陷高溫、熾焰之中，火屑污煙密佈。屋內的氧氣被大火吸得所餘無幾，我矮身而行，爭取殘留在下層空間的新鮮空氣，一路瞇眼閉口，避開着火的家具，小心移向地庫。屋內沒一件家具不着火。火舌從下而上的差不多伸延到天花板，天花板着火是一個警示，逃生機會通常只剩 30至 60秒。低沉的爆炸聲在廚房響起，震撼整幢房子，也震得我心驚膽戰，忽然頭頂火光一閃，一塊熊熊燃燒的天花板掉下來，砸在我的頭上和肩上。嘩！痛得入心！熱得入肺！接着天花板又丟落一塊，再又一塊，我的頭頂起火，濕地毯給燒乾、燒穿，我只好急急把它棄掉，繞過燒成一團火球的長沙發，竄進浴室，跳進浴缸，盡開花灑，噴出暖水，由頭到腳的把自己再淋一遍，皮膚刺痛，可能灼傷了。我覺得自己就像從前「歡樂滿東華」的吳剛師傅，挑戰火和熱，據聞他用的滾油和火炭都是道具；而我，貨真價實的被烈火包圍。花了十秒，已沒時間察看傷勢，趕緊取下兩條大浴巾，弄濕了，又披在頭上，衝出浴室，跑過左右兩側都已燒着的走廊，來到地庫入口。

厚門打開了！

瞧一眼木樓梯的下方，我虛弱的心臟幾乎停止跳動。

地庫的實驗室已成火海，火紅一片。火焰像一羣張牙舞爪的惡魔，在地庫裏肆意蹂躪。

「Rebecca！Rebecca！」我嘗試高聲呼喊。

除了「呼呼隆隆」的大火聲音，我聽不見任何回應。

地庫的火勢特別猛烈，明顯這裏是火頭之一。

廚房是另一個火頭所在。

既然地庫最先起火，Rebecca有手有腳，應不會坐在樓梯上不動，等火燒上來。她會抱着女兒逃跑。這道打開的厚門，或能證明她已逃離地庫。

這想法合乎事實嗎？還是我過分樂觀，一廂情願的向好的一方面考慮？

火場混亂，頭腦也混亂，我無從判斷了。

「隆——」廚房發生更大的爆炸，噴出一團烈焰，聚成火球，沿着走廊直迫過來。走廊兩側都是燒着了的牆壁，我無處可避，惟有跳到木樓梯之上。

「喀勒——」原來樓梯已燒得搖搖欲墜，我一踩上去，瞬即倒塌。我一腳踏空，直墮火海。

Ⅳ 後園激戰

巨無霸直升機偷運人口，

襁褓險命喪池塘，

盜毒陰謀昭然若揭！

1

木樓梯崩塌，我一腳踏空，暗叫不妙。本能反應，兩手瞎攀亂抓，希望抓着一根「活命的水草」。結果，左手抓空，右手的食指、中指和無名指總算勾着樓梯頂的地板。地板熱燙，炙痛難當，但我要忍受，不能放手，一放手就會丟下去，肯定沒命。奈何血肉之軀，難以持久支撐，加上火勢蔓延迅速，我凌空被困，上不得，下不達，葬身火海將是兩、三分鐘後的終局。

我是個不輕言放棄的人，從不認輸，即使到了最後一刻，仍作最後掙扎。我咬緊牙關，勉力舉起左手，也用三指勾牢地板，多找一個支點，好借力彈回走廊。不過，雙腳虛懸，踩不到丁點落腳處，單憑指力，能彈得多高？可能只彈高幾吋，攀不上地板，反丟落地庫，等同自殺。

然而，嘗試總勝過束手待斃，快要火燒眼眉，不得不拚！

我力透指尖。可是，高熱令地板變得脆弱，我一發力上騰，地板崩裂，借力不足，我只能彈高半呎，再沒憑藉，急墜而下——

就在此時，一人抓着我的右前臂，及時阻止我下跌。

驚魂未定，仍未脫險。

「把另一隻手伸上來！」是Sean。他披着一張不知在哪裏找到、弄得濕透的厚毛毯。

我盡量舉高、伸長左手，左右撥擺。終於給Sean抓着。

「挺住！」他紮穩馬步，大喝一聲，出盡吃奶的力，雙手向上提拽。我反握他的雙手，借助他的拉力，雙腳前後擺盪，腰背發力，再彈一次，終於躍回走廊，跌在他身旁。

「快逃啊！屋子要塌啦！」Sean一拉我的衣領，就逃出客廳。

客廳的天花板連同吊扇「隆」的坍塌，擋住我們去路。火舌混着碎木、砂屑，滾滾燙燙的直捲過來。

「走後門吧！」我拉Sean的衣領，彎腰往右拐。

後門正燒得焰赤火紅，身後，天花板繼續塌陷，已沒時間考慮了。「我去開路！」我取了Sean的毛毯，護住頭臉，縱身撞去，「嘭」的破門而出，衣衫都已着火，我躍過Anderson博士的屍體，滾進紅大袋鼠的木柵之內，在砂地上前後滾轉，拍熄火苗，百忙中，偷看Sean一眼，他也尾隨脫險，像我一樣，在地上前後打滾，至身上的火苗全熄，我們衣破褲爛、渾身污黑的躺在地上喘氣、嗆咳。

天上，月色皎潔。

身旁不遠處，烈焰無情，黑煙沖天。

從鬼門關把我扯回來，Sean，我欠你一個人情。

遺憾的是，我不能把Rebecca和小May救出來。躲在地庫的主意是我出的，是我的錯失，我沒法推卸責任，也沒藉口原諒自己。

2

「阿Wing，你不必自責，她們應已逃離火場。我們衝進去，一路都沒發現屍體。」

「屋裏尚有許多地方，我還沒看清楚，例如地庫、睡房、士多房。」

「遇上火警，第一時間逃離火場，是人之常情。Rebecca不會抱着小May坐着等死。」

「如果她們逃出來，如今跑到哪裏去了？我約好Rebecca回去接她，她留在火場附近等我，也是人之常情。」

「唉！真傷腦筋。好端端一幢房子，無故起火，Rebecca母女在房子起火後無故失蹤。」

「不是無故起火。我懷疑有人縱火，因為不止一處火頭。而且火勢蔓延得太廣、太快，不可能光是地庫起火。」

「假若有人縱火，Rebecca母女極可能被縱火者擄走。但，縱火的理由是？」Sean一臉苦惱。

「掩飾。」

「掩飾什麼？」

「一把火將Anderson博士的實驗室連房子燒得一乾二淨。遲不燒，早不燒，偏偏在病毒A失蹤、博士死亡、數十人受感染之後才發生火災。Anderson博士的家離奇失火，所有與研究有關的、與Anderson博士有關的，統統付之一炬。不是巧合得太離奇嗎？」

「你的意思是，有人偷取病毒A，然後毀滅線索，令我們沒法追查。」

「按目前情況，看來是這樣。」

「那人是誰？整件事，澳洲國防部和科研中心都列為機密，知情的人甚少。就算我們請你幫忙，亦不如實相告。」

「你們那邊守口如瓶，是你們自家的事，卻不能控制Anderson博士這邊，他跟誰談過病毒A，你們沒有頭緒。也許，他吃兩家茶禮，勒索澳洲政府，同時在歐洲或美洲找到買家，你們付款給他，他就把病毒A賣給別人，雙重獲利。對於你們，卻是雙重丟臉、雙重懲罰。Anderson博士連吐兩口烏氣。」

「不會的，Anderson博士向來愛國。」

「我愛祖國，但祖國愛我嗎？你聽過這句話沒有？何況，他一直受屈，自閉五年，可能想歪了，思想大變，由愛國變成恨國。」

「若是這樣，未免太可惜了。」

「更可惜的是，Anderson博士只擅長科研，對於勒索、黑市買賣，他是個門外漢，不知惹上什麼國際大鱷？招來殺身之禍。」

「你的推斷是否屬實，有待證明。不過，火警的確可疑。起火不久，我們便到達火場，縱火者不會逃得太遠。我去取通訊器，知會警方，在公路擺設路障，應該可以截住他。」

「通訊器在哪？」

「我的車上。」

「你的車……」我大感懷疑，甩甩頭，用下巴指一下他的爛車。前後擋風玻璃、車窗、車頭燈、倒後鏡、儀表板、儲物格、座椅、車尾廂全遭人破壞，莫說通訊器，有用的東西沒一件完整。那班街坊瘋子的破壞力果然強勁。

Sean看傻了眼。

走近，我踢着地上一物，撿起，是個爛電筒。

「新買的。」Sean的聲音低沉。

「車子還是電筒？」

「兩樣都是。」

「噢，請節哀順便。我寄以無限同情。」

我在破座椅上找到兩枚電池和電筒蓋，抱着孤且一試的心情，把電池放進電筒裏，扭緊蓋子，拍兩下，哈，電筒發亮。

「找到你的通訊器沒有？拍兩下，可能復原。」我照亮車廂。

「備用器材藏在暗格裏，他們沒發現。」Sean走到車尾。車尾廂蓋已被掀起。我跟着過去，為他照明，兼且看一下周圍。他俯身扯開車尾廂內側的絨面軟墊，露出暗格。他在暗格裏取出一個大約30乘20厘米的長形金屬盒，「嘟嘟嘟」的輸入密碼，打開盒蓋，裏面裝着一柄M&P Shield 9mm手槍、一個微型通訊器、一個後備彈匣。

「他仍在附近。」

「什麼？」Sean把手槍插在後腰，拿起通訊器。

「那個縱火者仍在附近。看，你的爛車被爛樹壓在路中央，通往外面的路只得這一條。」我拿着電筒照射泥路，「泥路表面，並沒新近的胎痕、腳印，所以，他還沒外逃。」

「那就好了，我這就召喚支援，合力圍捕他。」Sean開啟通訊器。

「我想，最好召喚空中支援。」

「嗄？」

「你沒聽見嗎？」

「聽見什麼？」

我豎起食指，指向天空。

Sean站定不動，側耳細聽，上空，陣陣馬達聲……

「直升機？」Sean轉眼瞧着我，心念一動，衝口而出：「篝火！」

「我們開雜貨店的客貨van趕過去，在直升機降落前，截住那個可惡的胖子。」我開步奔返雜貨店，「走！」

縱火者呼之欲出了。

整個社區停電，四下漆黑，從直升機的視角往下望，最明顯的發光指示，首推起火的紅磚屋，但直升機師不會冒險在火場附近着陸，因為萬一火場發生爆炸，隨時波及直升機，故此，退而求其次，就是那堆在William家的篝火。篝火雖已被街坊瘋子撞翻，但再燃一堆亦不困難。

與Anderson博士差不多同時遷入社區。

砍伐電線桿引致停電，切斷固網電話通訊。

燃燒篝火。

篝火並非邪教儀式，而是直升機的降落指示。

幾天前來了幾個健碩的「大學生」。健碩不獨是大學欖球隊員的專有身型，也可以是僱傭兵的身型。

這一切都證明了，William胖子是主腦人物，回想他的「活躍」行為，尤其他的「呵呵」笑聲，跟那班街坊瘋子的木無表情，完全相反。

事件的來龍去脈，我開始有點眉目。William胖子的笑聲是一種暗示，就像催眠者向被催眠者施以暗示，操控對方的潛意識。每次聽見William胖子的笑聲，老太婆Lisa便有所反應，帶領街坊瘋子作出襲擊行為。他們之間的默契或暗示，實際如何運作？我暫時不得而知，相信跟病毒A控制人類思想行為的效能有直接關係。

至於William胖子到底是什麼人？他如何懂得運用這種效能？只要逮住他，狠狠揍他一頓，迫他招供，自當真相大白。

有一點，我幾乎百分百確定，就是病毒A樣本一定在William胖子身上。

「上車！快！」我跳進客貨van駕駛座，扭動車匙，引擎轟聲大作。我第一時間按亮車頭燈，盡開高燈。

Woe！整夜沒見過如此光亮的電燈。乍見車頭燈光，真有點從蠻荒回歸文明的感覺。

Sean一登車，車門還未關好，我便一腳到底的踏下油門。

客貨van彷彿脫韁駿馬，在野地奔馳。

天上，直升機的馬達聲愈來愈清晰，這顯示它飛得愈來愈低，離着陸地也愈來愈近。

「趕得及。」我左手轉換車檔，右手撥動方向盤，盡可能不放慢油門。客貨van在彎曲的泥路上，左拐右甩的高速前進。

Sean忙於用通訊器跟上司聯絡，要求空中支援。

前面，火光如豆，在漆黑的夜裏，份外耀目。再接近一些，火光擴大，一堆篝火燦爛燃燒，在William胖子後園的同一位置。

「在那邊！」Sean放下通訊器，拔出M&P Shield

9mm手槍，檢查彈匣，打開保險掣，上膛。

「我瞧得見。」

我直駛過去，車頭燈光下，老太婆Lisa帶領三十幾個街坊瘋子列隊成一直線，全部面向池塘旁邊的草地。

當我駛至William胖子的屋子旁邊，頭頂轟然巨響，狂風大作，龐然巨物從天而降，一架可載55人的CH-53E Super Stallion直升機降落草地。旋翼攪撥氣流，颳起強風，登時塵土、草屑、火星亂飛，嚇得我急急煞車，和Sean一起張大嘴巴——William胖子打算出動巨無霸直升機，把所有人擄走。

絕不能讓他得逞！

「準備好沒有？」我問。

「一早進入作戰狀態。」Sean推門下車。

「呯……」

客貨van的車頭中彈擦出火花，擋風玻璃中彈碎裂，泥地中彈濺起砂石，樹枝中彈震落葉子，Sean中彈倒在車旁。

我一着地，聽聞槍聲，馬上連打兩個前滾翻，滾到車尾。

「呯——」、「呯——」

車身近車尾部分多中兩彈。

槍聲靜下來，在直升機的馬達聲中，依稀夾雜嬰孩的哭聲。是小May，她在隊伍之中被槍聲驚嚇，小May在，那Rebecca也在。

「Sean？傷得重嗎？你還好嗎？還是死了？」我高聲問。

「右肩膀……掛彩，槍手……躲在隊伍……後面，不止……一人，都配備鐳射……瞄具，火力很強。」

「無賴！」我檢起兩顆石子，各扣一顆在左右手指間。

「阿Wing，想辦法……拖延一陣，支援……快到。」

拖延？可不是我的作風。除非我不出手，出手就要殺傷敵人，一如武士的寶劍，出鞘就要流血。那幾個無賴，藏頭露尾，躲在人盾後面，我們為怕誤傷無辜者，不敢開槍，於是，一面倒的，只有他們開火，我們捱彈。可是，他們忽略了，槍彈不是我惟一的武器。

我斜眼鎖定隊伍後面其中一個槍手，驀地從車尾閃出，彈指神通，左右開弓——

「波——」、「波——」

左手彈出的石子先發先至，擊中前面的Albert，Albert腰眼中石，向前傾倒。站在Albert身後的槍手還未來得及反應，已被後發的石子「啪」的擊中前額，慘叫一聲，大字形躺下。

我隨即滾回車尾，順便多撿幾顆石子。

「Yeah！打得好！阿Wing，你的暗器功夫真酷！」Sean也爬到車尾。他的右肩膀流了大灘鮮血。

「過獎了，你好好坐在這裏，大力壓住傷口，且看我如何收拾他們。」

此時，CH-532直升機完全着陸。艙門打開，一人站在機艙入口，焦急地不停向隊伍招手，示意眾人立即登上直升機，大概直升機上的雷達探測到軍方飛機逼近，時間無多。

嘿嘿，有我在此，你休想帶走一人。

我一揚手。

「波——」

艙門那人應聲而倒，跌進機艙裏。

「呯……」

一輪密集的槍彈射中客貨van車身，「啪啪」亂響。他們亂射一通。如果Rebecca此刻還有意識，可進一步體會丈夫在阿富汗遇襲的恐懼，可惜，小May不停地哭，Rebecca都毫無反應，對身邊的一切不聞不問，相信她已受病毒A感染。

槍手亂槍射來，Sean抱頭縮下。如沒猜錯，他們改變戰略，亂槍轟射之後，隨即來個突襲。我連忙伏下，從車底左右掃視，果然兩人離開隊伍，一左一右的快步而來。

「呯——」、「呯——」、「呯——」

其餘的槍手繼續開火，希望擾亂我和Sean的心神。

這招真陰毒，如果他們的對手是Sean或Rebecca的丈夫，一定被他們的亂槍震懾，突襲必然奏效。可惜，他們偏偏遇着我，我看準右邊那人，使出十成功力，彈出石子，石子穿過車底，在兩條輪胎之間激射而去。

「啪——」腳脛中石，骨折變形。那人痛得連痛也喊不出聲，一跤摔下，躺在地上滾來滾去，痛得死去活來。

左邊的槍手見勢色不對，慌得急急跑回隊伍後面。

你們知道老子不好惹，沒辦法對付我吧？嘿嘿。

「哇……」小May哭聲的分貝一下子升高，像被人捏痛屁股一般。

弄痛小May是什麼戰術？

我和Sean面面相覷。

「請你停一停，望一眼小May。」是William胖子的聲音。

探頭看時，他抱着小May，高舉過頭，慢慢走到池塘旁邊，立在那輛銀白色休旅車前面。

「卑鄙！」我咬牙切齒，不敢彈石傷他，以免小May摔傷。

「我第一眼就看出你是個高手。我們鬥你不過。」William胖子拉開休旅車駕駛座的車門，伸手鬆開手掣，「但，我有人質。」

休旅車開始向前溜滑。

「高手，你要選擇了。」他把小May從車窗拋進前座車廂。

休旅車滑進池塘，在水中飄浮，冉冉下沉。

「你就算逃到天腳底，我發誓，我一定要親手逮捕你！」我一個箭步，從客貨van的車尾搶出，飛身插水，從堤岸另一邊，「噗通」的撲進池塘。

「儘管放馬過來……」

*　　　*　　　*

池塘寒冷。水質污濁。

我浮上水面，抬頭看清楚，休旅車已飄到池塘中央，車頭向下的沒入水裏，只剩小部分銀白色的車尾露出水面，周遭都是氣泡。

我大口吸一口氣，頭往水裏鑽，雙手大力撥水，雙腳向上連蹬，潛進水中，瞇起雙眼，依稀看見休旅車模糊的影子，車頭部分斜插入污泥之內，正繼續下沉，在泥中愈陷愈深。小May小命難保，一分一秒都不能耽擱。我全力游過去，在一片泥污混濁的水底，張手摸索，觸及車頂的行李架。記得小May被William胖子拋進前座車廂，我順着行李架向下摸，摸到一扇打開的車窗，立即全身鑽進車裏，腳尖勾着窗框，雙手四圍探索小May。希望她仍在車內，若她隨水流飄出車窗，找到她的機會就更渺茫了。摸過前排椅背，摸過儀表板，摸過方向盤，指頭終於碰到小May的手臂，她的手臂冰冷，像水草一般在水裏浮蕩。糟糕！我的心冷了一大截，只管把小May拉過來，抱緊，勾着車窗腳尖使勁勾踢，身子順勢退出車外。小May在我懷裏了無生氣。無暇多想，我拚命踏水，升回水面。

水面燈火通明，光柱從天空照射下來，直升機在空中盤旋，機上的強力射燈來回照亮池塘周圍，如同白晝。

CH-532直升機不見了，William胖子和一眾雇傭兵也不見了，同一位置，停了一架澳洲軍方的MH-60R Seahawk直升機。警笛聲從遠處傳來，街坊隊伍依舊整齊列隊。

我游返岸邊，坐在石上，把小May平放膝上，臉向下，用力按壓她的後背，水從她的嘴裏溢出，再按，要把她肺裏的積水全部壓出。

「阿Wing，小May的情況怎樣？」Sean蹣跚地走過來。

「情況很壞。」我把小May翻轉仰臥，她的臉色暗藍，雙眼茫然瞪大，沒呼吸，沒脈搏。

「有救護員嗎？這裏需要急救呀！」Sean大叫。

不等救護員了，我馬上為小May施行心肺復甦，左手捏住她的鼻孔，右手扳她的下顎，張開她的嘴巴，口對口的先把一大口氣吹進她的肺裏，接着用右手食指按壓她的胸骨五次，之後再吹一口氣，再按五次。

她仍沒呼吸，仍沒脈搏。

再吹，再按。

「誰要急救？你中槍流血……」有人跑過來問。

「別管我，先救小孩，她遇溺。」

就在此時，小May喘氣了。

「朋友，你辛苦了，讓我們接手吧。」一名救護員從我膝上把小May抱起，用毛毯裹着，送到輪牀之上。

另一名救護員熟練地為小May戴上供氧面罩，把生理鹽水從手背滴注入她的靜脈。

小May沒頂的時間雖不長，但心臟曾經停頓，腦細胞一度缺氧，現在救護員為她供氧，增強她的呼吸能力，生理鹽水亦補充了在她體內已經沖淡的天然鈉，畢竟她年紀尚幼，器官尚弱，性命不錯保住了，今後誰能保證她不會變成長年臥牀的植物人呢！

給那幫壞蛋逃脫，我深心不忿；為小May的健康擔憂，我心疲力竭。

救護員也給我一張毛毯保暖。我坐在池塘旁邊，感到茫然，感到乏力。

Sean也被送上輪牀，與小May一同乘直升機飛往醫院。

Rebecca站在隊伍之中，我看見她了。她已變得木無表情，跟Ben一樣，跟Albert一樣，跟Lisa一樣。小May遇溺，她不知道，也不懂擔心。

可能，永遠都不懂擔心。

3

翌日中午，我重返天鵝河畔，享受午後日光。

餐桌上，像昨天一般，放了《1Q84》和炸魚薯條。不過，小說沒心情讀，炸魚薯條也沒心情吃。海鷗在旁眈眈虎視，但我今天不敢再餵牠們，免得店員又批評我助長禽流感散播。

我靜靜地坐着。

風輕輕的吹，河邊很平靜，我的思緒卻極不平靜，昨晚的出生入死，火裏遇險，水裏救人，都是刻不容緩，更弄至渾身損傷，右手掌還紮着繃帶。結果呢？壞蛋溜掉，無辜百姓當殃，三、四十個感染病毒A的街坊仍躺在醫院裏，不生不死。我真失敗！

「嗨。」Sean用左手拉開膠椅，坐在我的對面。他的右肩和右臂靠手掛帶承托。

「出院了？」

「取出彈頭，傷口沒發炎。」他露出陽光一般的笑容，「我不好意思霸佔病牀，反正護士沒一個漂亮。」

「我沒心情說笑。」

「我不是說笑，澳洲醫護界青黃不接，一直欠缺新血，護士的年紀一般偏大。」他用拇指和食指摩擦鼻頭，「Okay，別繃着臉，我特地為你帶來好消息。小May沒事了。她甦醒過來。醫生替她仔細檢查後，表示她的身體恢復得很好，沒有後遺症。」

「太好了！」

「Rebecca也恢復意識。」

「太太好了！」我仰臉，作出一個Okay手勢，向樹上的一隻大海鷗。

牠只對我的薯條感興趣。

「我告知她你捨身拯救小May，她很感激你，說要親自向你致謝。」

「我待會過去探望她們。還以為他們感染病毒A，很難治療。」

「事情相當富戲劇性，也有點幸運。從前協助Anderson博士的助手記得，Anderson博士利用1957

年亞洲流感病毒H2N2的樣式作起步研究，醫院方面迅速找來當年的病毒樣本作比對，挑選最合適的疫苗，嘗試為病人注射，結果，部分人，包括Rebecca，一劑見效，部分人則略有起色，大概各人體質不同，受感染程度不一樣。」

「讓我猜猜，老太婆Lisa屬於後者，對嗎？」

「對，Lisa嬸嬸的進展較慢。不過，醫生是樂觀的，有信心治好所有人。」

「太太太好了！」我突然跳起身，大動作的揮出左右直拳，幻想William胖子就在跟前，嚇飛兩隻在附近徘徊的海鷗。

「恢復意識的人，口供大同小異，都是William一手拿槍，一手拿注射器，把不知什麼注射進他們體內後，他們感到一陣暈眩，記憶便中止了，直至在醫院裏才清醒過來。」

「Rebecca亦一樣？」

「沒大分別。她記得，門後冒煙，有人在外面大喊火警，她慌起來，抱着小May逃出地庫，Liam和幾個所謂同學持槍守在外面，把她和小May擄走，繼續放火。」

「怪不得我在William胖子後園救你和紅大袋鼠時，他們不在場。原來那時他們跑到Anderson博士家中放火。」

「還有這東西，你一定感興趣。」Sean從口袋裏掏出一個證物膠袋，放在桌上，袋裏裝着一塊表面焦黑、長約3至5厘米的電子零件殘骸。

「這是？」

「竊聽器的一部分，在火場找到的。在玄關附近。」

「唏！我想通了！ 我一直不明白，街坊為什麼要搗亂Anderson博士的屋子，原來William胖子指示他們拆走竊聽器，相信還有竊錄裝置。William胖子五年來一直監視Anderson博士，現在任務完成，便抹掉所有蛛絲馬跡。即使拆漏一、兩件，再由Liam縱火，一併燒毀。嘿，天網恢恢，疏而不漏，一定是你向玄關射水淋熄火焰，燒剩這塊零件。」

「怎樣？好消息一個接一個，有心情吃東西啦！」

「還是沒胃口，可能吃厭了。」

「吃薯條，沒茄汁，何來胃口？」Sean取出一個兩元硬幣，遞給剛巧經過的侍應，請他端一碟茄汁過來。

「茄汁要付錢，我就是不服氣。在香港，茄汁免費任取。」

「在星加坡也是免費的，來到這裏，我樂意入鄉隨俗。」

「你真的是星加坡人？」

「如假包換。」

「嘿，你的背景，還有什麼是真的？」

「除了當酒店餐廳侍應，我跟你說的，句句屬實。我本在星加坡國防部工作，八年前參加兩國的交流計劃，來到澳洲受訓，認識了現在的女朋友，也愛上澳洲的風土民情，加上表現良好，獲得賞識，通過澳洲政府的背景審查，又得到星加坡政府的通融，便留下來工作。」

侍應端來茄汁。

我姑且吃了一條蘸滿茄汁的薯條，酸酸甜甜的茄汁提升即炸薯條的層次，令這種垃圾食品更加可口，少吃無妨，多吃有害。

Sean順便向侍應點了一杯啤酒。

我多吃一條薯條，放下刀叉，拿起iPhone，打開電子郵件，然後把iPhone擺在Sean跟前，笑道：「你破費為我買茄汁，禮尚往來，我送你一個情報。」

「真的？區區兩元，這個情報太便宜了。」Sean閱讀iPhone屏幕，說：「William Valdes，1959年生於美國奧克拉荷馬州。原來是他。靠傷害小May脫身，這種人渣，兩元不值。」

「我根據記憶，作了拼圖，交給我們的情報人員追查。他們暫時查到這些資料。」

「學歷不壞，麻省理工學院生化學碩士。」Sean繼續讀下去：「曾經加入海軍陸戰隊，最高的軍階是中士。退役後，到中東活動，表面上做出入口生意。十五年前，在賓夕法尼亞州死於車禍。哈！昨晚我們跟一隻死了十五年的……鬼……交手。喔，典型的美國特工行事模式。」

「他一旦失手被擒，雙方都不會承認其美國特工身分。」

「生化學碩士……，怪不得由他來監視Anderson博士，換上是我，我根本看不懂Anderson博士做什麼實驗。這點可以解釋為何他懂得運用病毒A。但，歸根究底，美國特工怎知Anderson博士的研究項目？」

「美國情報組織的滲透能力極強，無孔不入，澳洲政府、科研中心存着美國的情報線眼，毫不出奇。病毒A能控制人類思想行為，深具軍事價值，例如用來審問間諜俘虜，保證有問必答，美國特工當然不會放過。」

「多謝你的情報，我會跟進追緝他，尋回病毒A。」

「錯，是我繼續追緝他。」

「恕我直言，你的任務已經完成了。」

「不是任務。」我用叉子直插炸魚塊，「我說過親手逮捕他，就言出必行。」

我的新鄰居
William叔叔是我的新鄰居，他不
媽媽説，不喜歡説話的人有內涵，
叔叔是一個有內涵的人。William叔
歡説話，但整天都笑容滿面。我
加上他圓圓的大肚腩，令我想起
人。

V facebook意外

無知女孩偷拍，網絡恢恢，
胖子行蹤敗露；
阿Wing越洋追擊，鬥智鬥力。

1

美國號稱「世界警察」，荷里活電影偏愛把美國打造成正義的化身，向全球「洗腦」。胡燕青的新詩〈鷹目〉卻大唱反調，揭露美國醜陋的另一面——自大、自私、自以為是：

滑倒後，你痛罵越南為「墳地」
數着多印的零錢，你叫中國做「超市」
槍口熱時你吹一口氣，仔細揩抹
伊朗？你叫她「撒旦」
但更多人稱此為家
我們仰望的天空和你的一樣
透明地藍着，盛滿淺金色陽光
有祖輩因微笑而堆疊的皺紋
有嬰孩因學步而用力的腳趾
我們那朵花叫做薔薇，而非玫瑰
我們那林蔭之地叫庭院，而非花園

警察擁有執法權，沒有審判權，被警察逮捕的人，我們稱之為疑犯；一日未經法庭審判、未被定罪，法理上疑犯不算為有罪。美國這個「世界警察」卻擁有審判權，經常正氣凜然地裁定其他國家是「邪惡軸心國」、「匪率操控國」，並施以經濟制裁、軍事懲罰。上世紀末，最大的諷刺，是出兵伊拉克，為要銷毀人家的「大殺傷力武器」，維護世界和平。結果，推翻一個獨立政權，處決一國領袖，一件「大殺傷力武器」也找不到。

相反，全球擁有最多「大殺傷力武器」的就是美國，只許州官放火，不許百姓點燈。

美國的軍力獨大，誰來監察這位「警察先生」不濫用武力，危害世界和平？胡燕青的擔心，不無道理，試看中日釣魚台紛爭，美國正是幕後黑手：

你所說的墳地上一個賣茶的老者
你所說的超市裏萬千打工的姑娘
你假上帝之名指罵的棕膚少年兵

都渴望在新年吃頓好飯；沒有任何大小人家
敬拜你亂發的導彈，或羡慕你橫行於遠洋
大鼻孔噴着粗氣，你的鷹眼瞇起覬覦
中國海岸一個多石的小島
你並不喜歡釣魚或曬太陽
反因嗜油，嗜血，嗜征服統治
你要割下我們的皮肉，好馴養你的寵物狗

第二次世界大戰後，美國沒遵守國際公約，把釣魚台歸還被侵略的中國，反而交由戰敗的侵略者日本暫時管理，埋下今天中日糾紛的伏線，因為只要出現紛爭，美國就可以趁機介入亞洲事務，向搖尾乞憐的菲律賓、向巴結奉承的日本出售軍火賺錢，並在當地駐紮美軍，耀武揚威，惟恐天下不亂。

美國本以基督教立國，可惜短短二百多年後，昔日奉行的「行公義、好憐憫、存謙卑」的聖經美德，日漸失落。

今天，只有守舊的一輩才會歡度感恩節，感謝神帶領他們立國，賜給他們糧食豐足。年輕一代對慶祝感恩節，遠不及在萬聖節扮鬼敬鬼、在聖誕節濫藥酗酒那般熱切。忘記基督，沒有感恩，失落將來，就是今天美國的寫照：

我們感恩的時候，你宰殺火雞
我們受苦的時候，你大聲感恩
惟你擁有大殺傷力武器
那指罵他人的藉口
你身穿警察光明的制服
卻是黑暗中的盜墓者
夜夜到超市來搶劫
為了糖果或點燈的燃料
你舉起高過對方的機槍擊殺
手持玩具的小男孩

然後你向死者的鄰居發警告：

「妖孽，我都要消滅！」

我們向上帝申冤，你仰天大笑——

你説耶和華早就皈依了你

祂向你的國防部長鞠過躬

還趕往華爾街朝聖

而你這才恩准祂

稱你為上帝

「這百姓用嘴唇尊敬我，心卻遠離我。」(〈馬太福音15章8節〉)這是神對「假冒為善」者的指責。

沒有神的國度，悖謬與貪婪日益猖獗，當政者厚着臉皮公然作惡，例如，以華爾街作為「侵略」基地的美國富豪，因過度貪婪，借貸失衡，投資失敗，引致經濟衰退，美國政府非但沒有自責，還濫印銀紙，讓美元貶值，使其他貨幣升值，因而其他國家在購買美國的產品和債券時，要支付更高的價錢，變相把經濟困難轉嫁給其他國家，禍及全球，恬不知恥的起了一個得體的名稱Quantitative Easing（量化寬鬆政策），說到底，是一種經濟侵略，自私自利、不公義、無憐憫、欠謙卑、假冒為善。

明的，文過飾非；暗的，肆無忌憚。美國所恃的，無非是絕對的軍事優勢，配合龐大的情報系統。美國特工無遠弗屆，無孔不入，遍布世界各地，為求完成任務，他們無所不用其極，手段有時比恐怖分子更加恐怖。偶然爆出一、兩宗「間諜醜聞」，美國政府就盡量掩飾；掩飾不了，便以不良特工私自行動、與國家無關作為開脫藉口，企圖棄卒保帥，逃避責任，置身事外。

對於William Valdes，一如所料，美國情報機關把責任推得一乾二淨，堅決否認曾有這樣的一個特工為美國政府工作。

至於那架隸屬美國太平洋艦隊的CH-532直升機，當日的飛行紀錄無可饒恕的被一個初級維修技術員「意外」刪除。那個受傷的副機師，文件顯示他當日休假，而他本人堅稱當日留家休息，傍晚在住所附近跑步時，給頑童的丫叉彈石擊傷，由於天黑，他看不清頑童的容貌。

他幽我一默，稱我作頑童，虧他想得出。

這些理由，牽強得只有白癡才會相信。但美國官方一口咬定答案就是如此，澳洲國防部縱使不服氣，亦無可奈何。

Liam那班僱傭兵雖然相繼落網，美國政府卻左閃右避，推諉責任。他們最大的口實是，只要出得起錢，誰都可以僱用僱傭兵，雖然Liam曾為美國政府效力，但工作屬一次過性質，完工後，互無瓜葛；而且Liam只承認出面僱用他們的人是William Valdes。美方既然跟「死去」的William Valdes劃清界線，病毒A事件跟美國情報機關全無關係。

William Valdes是個資深的專業特工，深諳遊戲規則，任務失敗了，就自動銷聲匿跡，不跟上司聯絡，一來暫避風頭，二來他手上的病毒A樣本非常值錢，不交給美國政府亦不算壞事，他可以賣給其他國家，甚至恐怖分子，待價而沽，價高者得。所以，他繼續隱姓埋名，靜待時機。到底，他躲在哪裏？他就在加拿大東部一個偏僻的山區小市鎮Cape Breton裏。

Cape Breton屬於人口不斷流失的「衰退地區」，當地的年輕居民流失率非常嚴重，由1966年至2011年這十五年內，30%三十歲以下的居民離開Cape Breton，遷往其他大城市升學、就業，剩下大批老弱婦孺留守家園。

Cape Breton的面積有2470平方公里，按2011年有近10萬人口計算，平均每平方公里居民人數不足40人。William Valdes更躲藏在小市鎮外圍的偏僻聚落之中，周圍只有十多戶人家，多見楓葉，少見人煙。按常理，他躲在那兒，不生事，沒意外，沒病痛，起碼可熬上一年半載，才給我們發現。不過，人算不如天算，他入住新居不足一個月，便給我們找到了。

「揭發」他的不是什麼臥底、線人、蠱惑仔，而是一個讀小學三年班的九歲女孩，她名叫Iris。

可笑的是，直至我登門造訪的一刻，William Valdes仍然懵然不知。這趟，用「老貓燒鬚」來形容他，絕不過分。

「情報」源自一篇Iris的作文，題目是「我的鄰居」。內容是這樣的：

William叔叔是我的新鄰居，他不大喜歡說話，媽媽說，不喜歡說話的人有內涵，所以William叔叔是一個有內涵的人。William叔叔雖然不喜歡說話，但整天都笑容滿面。我喜歡看他笑，他的笑容加上圓圓的大肚腩，令我想起冬天媽媽和我在屋前堆砌的雪人。

William叔叔不僅有內涵，還很有禮貌。有一次，媽媽和我去雜貨店購物，每人捧着一大袋東西，William叔叔替我們開車門。又有一次，我放學回家，在路上遇見William叔叔，我跟他說午安，他給我一顆太妃糖。

William叔叔是個好人，可惜他星期日沒上教堂。牧師說，好人不一定得救上天堂，所以，這個星期日我打算邀請他到教堂，一起唱詩歌，一起敬拜神。我想他會答應的。我想我們會成為好朋友。

本來，叫William的胖子，世上多的是，在Cape Breton的William胖子，不一定就是在柏斯逃脫的William胖子。然而，Iris為求增強作文的說服力，借了媽媽的手機，偷偷為William叔叔拍了一張側身照，貼在文章的下方，目的是要讓老師和同學了解William叔叔的肚腩有多胖。這樣，William Valdes在不知情下露臉曝光。

本來，我身在香港，沒可能讀到這篇Cape Breton的小三女生作文。

不過，世事往往充滿無數湊巧。大家耳熟能詳的例子，英國的牛頓湊巧坐在蘋果樹下，不選擇石榴樹下，掉落的蘋果又湊巧打中他的頭，於是，地心吸力就出現於人類的知識領域裏。

又例如，法國的達蓋爾無意中打碎溫度計，漏出的水銀湊巧弄濕工作桌上的膠片，膠片上留下影像，自此奠定近代的攝影技術。

這些人類偉大的科學發明或發現，都由湊巧開始。

說回Iris的作文，老師給她一個A，還貼在課室的壁報板上加以表揚。Iris媽媽引以為榮，特地用手機把Iris的A級作文拍攝下來，傳給遠在Toronto工作的丈夫，一同為寶貝女兒的「成就」驕傲。Iris爸爸當然高興萬分，他把檔案列印出來，貼在自己的辦公桌前的松木板上，作為一種自我提醒和激勵，要努力工作，早日儲到足夠的金錢，接妻女到Toronto團聚，永不分開。

這件家庭樂事本來毫不起眼。一日之後，第一個湊巧出現了。Iris爸爸的一位同事跟他那當小學教師的太太談及Iris的作文，那位教師太太覺得Iris的作文可用作教材，於是託丈夫向Iris爸爸要了作文的電子檔，上載到學校的內聯網。

三日之後，第二個湊巧來了。學校的副校長湊巧在內聯網內讀到Iris的作文，認為內容適合一位老同學作研究使用。他那位老同學在倫敦大學教育學院當教授，專門研究兒童心理學，素來有興趣探討信仰對兒童成長的影響。收到老同學的電郵後，這位教授把Iris的作文讀了兩遍，覺得文章蠻有意思，便把檔案轉發給他的一位博士生作研究參考。

就在教授用滑鼠按下傳送鍵的時候，網絡的另一端，那位博士生放在宿舍書桌上的電腦發出收到「新郵件」的訊號。同一時間，第三個湊巧發生。博士生剛去了洗浴，他的「吃醋」女朋友在房內無聊地用男朋友的電腦瀏覽facebook。她一直懷疑男朋友另有小三，這封夜深人靜時傳來的電郵，令她起疑，趁男朋友不在，她偷偷打開來看，發覺誤會一場，心裏的歉疚，增加對這篇小三女生作文的鍾愛，William胖子的照片亦相當滑稽，她無聊沒事做，興之所至，便把Iris的作文連同William胖子的照片一併貼上facebook。

生活在這個網絡時代，資料、訊息一旦傳到網上，就再沒祕密、私隱可言。

相隔不足一天，阿莫發現Iris的作文和William胖子的照片，他循着網絡搜尋，一小時後，就確定William Valdes躲在Cape Breton。

因此，我也來到Cape Breton。

2

「察——」鑰匙插進匙孔裏。

門把旋動。大門打開，William Valdes雙手捧着一大袋食物，從外面進屋後，動作笨拙地用後腳跟把門帶上。

「嗨。」我坐在客廳的搖椅上，跟他打招呼。

「啪——」William Valdes手上的大紙袋掉落地板，紙袋破裂，滾出兩個洋蔥、一個薯仔、一罐鹽水沙甸魚。

「我不請自來，嚇你一跳，不好意思啊！」我的致歉自問沒半分誠意，「紙袋裏沒雞蛋吧？」

「我以為至少可在這裏藏匿半年。你來得真快。」William Valdes強作鎮定地拉開廚櫃，探手入櫃內，左摸右摸，最後摸出一個膠袋。

「我以為你想找這把手槍。」我揚揚手上的S&W M10左輪點38手槍。槍是他的，收在廚櫃之內。

William Valdes橫我一眼，沒答腔，蹲下把破紙袋裏的東西挪到膠袋裏。

「不必花時間執拾了，你不會留在這裏生活。」

「我倒有興趣知道，你如何找到我？」William Valdes仍在執拾。

「Iris妹妹可有邀請你上教堂？」

「有。我拒絕了。」

「你沒法得救了。」

「是Iris告訴你我在Cape Breton？她不可能認識你。」William Valdes詫異地停下來。

「世事無絕對，不論什麼事情都有可能發生，只視乎可能性有多高。當然，Iris並不認識我，不是她直接告訴我的。我透過非常間接的途徑知道你的行蹤。」

「又直接，又間接，什麼意思？」

「說來話長。而且，你是階下囚，我無須向你交代。不如，你乖乖合作，告訴我病毒A的下落吧。」

「哈，我不會輕易招供。」William Valdes把食物放在桌子上。

「我知道你不會輕易招供，所以帶了一個老朋友來探你。你這個老朋友在你手上吃了不少苦頭。」

William Valdes看左看右，問：「誰？他在哪裏？」

「在你的睡房裏。」我用手槍指一下房門，「你自己進去敍舊吧。」

「我不進去又怎樣？你開槍射死我？」

「我不會開槍殺你，但把你射得半生不死，終身殘廢，相信沒問題。儘管試試看。」

William Valdes遲疑地走向睡房。

我站起身，從後推他一把，道：「做人要爽快。醜婦終須見家翁，無謂拖拖拉拉。」

William Valdes伸手握着門把。

「提醒你一句，你的老朋友的右直拳和撩陰腿，很厲害，當心。」

「他是……」William Valdes推開房門，一看，愕然道：「Kangaroo？」

「錯，牠是Macropus rufus。」我一腳蹬他的肥臀，把他踢進房內，關上房門，「老師從前沒教你這個名詞嗎？」

「哎……呀……吖……救命……」

房內傳出William Valdes的喊痛和求救。

3

犯賤男人何其多，這裏偏偏有一個；敬酒不喝喝罰酒，袋鼠拳王打心窩。

五分鐘後，我打開房門，William Valdes捱了紅大袋鼠七拳三腳，口腫臉瘀的從睡房爬出來。我把紅大袋鼠趕回房內，關上房門，回頭問：「肯合作了吧？」

William Valdes老大不願意地點頭。

「正一賤骨頭，不打不招供。」我邊說邊拉開冰箱，「不要投訴我毆打你，我沒碰過你，你要投訴，就去防止虐畜會投訴遭畜牲虐待吧。」我倒出一把冰粒，用洗碗布包好，遞給William Valdes。

William Valdes不哼一聲，把冰包敷在臉上鎮痛。

「快交出病毒A，免受皮肉之苦。」我張開手掌。

「不在這裏。我把它收在一個安全的地方，可以帶你去取。」

「想耍花樣嗎？不行，你告知我地點，我自會去取。」

「我沒耍花樣。如果不是我親身去取，看守的人會立刻把病毒A銷毀。是真的。」

「好，我姑且信你一次。現在就帶我去。」

「現在就去？」

「還等什麼？要吃完晚飯才起行嗎？走。」

「那頭袋鼠……」

「讓牠在你的睡房裏多玩一會，我稍後使人來接牠。」我把他從椅上扯起，直出大門。明知他的話不盡不實，但武力用過了，施了一個「袋鼠威」後，現在輪到鬥智。我不信鬥他不過。

我們步出大門，阿Ken便把開篷吉甫車開過來。我鬆脫運載紅大袋鼠的拖架，把它遺在William Valdes屋前。

阿Ken把William Valdes押上吉甫車後座。我拍淨雙手的灰塵，也跳上後座，在William Valdes對面坐定。阿Ken開車。

一路上，William Valdes有問有答，表現得相當合作，除了病毒A的所在，其餘的都給我答案。病毒A現在是他最後的護身符，不到最後關頭，他不會洩露。

他的答案，解釋了一些疑點，填補了一些空隙，有助我梳理亂七八糟的事件，使事情的來龍去脈變得清晰而合理：

William Valdes全天候監視Anderson博士足有五年之久，他在Anderson博士家裏，包括實驗室和廁所，安裝了三十三個竊聽器、二十五個攝錄鏡頭，又入侵Anderson博士的電腦系統。總之，Anderson博士的一言一行，甚至連放個臭屁，都瞞不過他。

William Valdes本人是生化學碩士，對於Anderson博士的研究過程，有能力完全掌握。因此，他懂得病毒A的特性，也知道如何保存和應用。

五年來，William Valdes彷彿成了Anderson博士惟一的知己，暗地裏陪伴他一次又一次的改良培植方法，經歷一次又一次的實驗失敗，無怨無悔地支持他堅持下去，堅信總有一天成功。

直至病毒A的培植取得初步成功，William Valdes比Anderson博士更雀躍，只要Anderson博士把病毒A進一步優化，他便完成任務。

可是Anderson博士實在屈得太久了，他一心要為自己平反，一心要科研中心丟臉，乾脆把優化病毒A的工作擱置，全心着手勒索科研中心。William Valdes雖感失望，但他仍然等候，期望Anderson博士做妥勒索工夫後，重回實驗室，繼續優化病毒A。

等到Anderson博士打電話給Ben那一晚，William Valdes知道不能再等了，因為當澳洲軍方實驗室測試病毒A後，澳洲特工、軍警便會介入，William Valdes再沒可能下手。

所以，在Ben到達前，William Valdes決定行動，他持槍闖入Anderson博士家裏，取走所有病毒A樣本，並強迫Anderson博士注射病毒A，把他弄得癡癡呆呆。這樣，便沒人知道病毒A的下落，即使澳洲警方介入調查，只會以為Anderson博士神經失常，無中生有，胡亂勒索科研中心。

當Ben的車子開到Anderson博士的屋前，William Valdes已刪除Anderson博士所有實驗紀錄，從後門從容逃去。

Ben入屋後，Anderson博士思想混亂，時而清醒，時而癡呆，他記得託Ben帶物件到柏斯，卻忘記那是什麼東西，亂找一輪，最後交了個空信封給Ben。由於晚上天氣轉冷，Ben自恃強壯，沒帶外套，離去時着涼，連打幾個噴嚏，翌日就生病，改由Rebecca把空信封帶到柏斯給我。

翌日早上，Anderson博士偶然清醒，想起要找人帶東西到柏斯，便致電Albert幫忙。Albert去了，他又神志不清，塞了一瓶酒精給Albert，就打發他走。

後來，Anderson博士糊裏糊塗的打開木柵，放出紅大袋鼠。返回屋裏時，不小心摔了一跤，撞在木柵上，頭破血流，但因神志不清，不懂求救，也沒人知曉，最終失救致死，與我的推測吻合。澳洲警方的驗屍報告亦證實William Valdes所言不假，可以還紅大袋鼠一個清白，牠沒殺人。

至於令居民受病毒A感染，以及擄走他們，是William Valdes當晚向上司報告時，一起商議得來的計劃。作用有兩個：第一，William Valdes本人與所有見過他的鄰居一同失蹤，由於只有失蹤者，沒有證人，案件變成無頭公案，警方難以追查，亦不會把焦點集中在William Valdes一人身上。第二，要進一步優化病毒A，需要大量測試樣本，現成就有三十多個，無須張羅。

通話結束後，上司同步在猶他州安排了祕密實驗室和研究人員，等候William Valdes把樣本送到，隨時開工。

於是，William Valdes拿着病毒A的注射器，逐一強迫居民注射。不過，病毒A仍未優化，加上各人的體質不同，對病毒A的反應亦各異，其中以老太婆Lisa的反應最強。

「關於指令他們工作，不知是我的技巧不純熟，還是他們的接收有問題，抑或病毒A未完全適合應用，總之，出錯頗多，例如，我指令他們活捉Rebecca母女和你回來，他們卻俘擄了那頭袋鼠。」William Valdes頓了一頓，又道：「他們的破壞力卻是一流的，應用於軍事上，極具潛質。唔，我所知的都說了，你滿意啦。」

「差不多了，還欠病毒A的所在。」

「現在不是帶你去取嗎？心急什麼？」

突然——

「咇——」吉甫車前座儀表板上一盞紅燈亮起，並發出警號。

「什麼事？沒汽油嗎……」

「別吵，當心你的頭。」我把William Valdes的頭稍為按下，自己亦彎腰垂頭。

阿Ken在駕駛座按了兩個鍵，吉甫車尾的暗門打開，升起伸縮篷蓋，向前接合，替吉甫車加上車頂，完成後，紅燈熄滅。

「這是……」

「這是反雷達篷蓋。」我輕拍車頂，「我們的吉甫車現在變身成隱形戰車了。」

「我們剛才被導彈鎖定。」阿Ken道。

「不是吧？」William Valdes將信將疑。

「左側有條支路，可以進去一避。」我指着前方。

「收到。」阿Ken減速，拐彎，把吉甫車開進支路，再穿入樹林之間，停車熄匙。

「下車吧。」我推William Valdes的肩頭。

「你想怎樣？」William Valdes爬下吉甫車。

「你也清楚，所謂隱形，只是在雷達上隱形，對方仍可憑肉眼或鏡頭看見我們。」我從座椅下搬出一個金屬箱。

「對方是什麼人？」

「你看外面。」阿Ken指一下樹隙之間的天空。

一架美製「掠奪者」無人機在樹林外面梭巡掠過。

「那是……」William Valdes開始驚恐。

「看來，你的老闆打算殺你滅口。」我打開金屬箱，取出一台Stinger肩托式地對空導彈，「我們可以在facebook找到你在Cape Breton的近照，他們也可以。」

「我沒拍過近照。」

「是Iris偷拍的。」我把Stinger發射器扛在肩上。

「她竟敢偷拍我，還把照片上載至facebook！那個死妹釘，早知如此，我給她一顆有毒的太妃糖，毒死她！」

「照片是由倫敦大學一位女學生上載至facebook，不要錯怪Iris。」

「怎麼又扯到倫敦大學？」

「待我搞定那架掠奪者再說。相信對方已改用熱感掃瞄，很快找到我們。」

「阿Wing，不值得。」阿Ken截住我，「不值得為了這個該死的胖子，開罪美國特工組織。我們跟他們的關係一向良好。你擊落他們的無人機，等於與他們為敵。」

「導彈飛過來，大家都沒命。」William Valdes企圖說服我們，「緊急關頭，你們也要自保。」

「掠奪者的目標是他，剛才導彈鎖定可能只是警告，迫我們交出他。這簡單不過，我開槍射跛他的左腳，再把他丟在公路上，掠奪者取他狗命後自會飛回基地，不會找我們麻煩。」

「不，他死了，病毒A就下落不明。」

「對，我死了，便沒人知道病毒A收在哪裏。」

「算了吧，阿Wing，追尋病毒A是澳洲特工的事。我一向安份守己，與我無關的case，我不會沾手，若然危及性命，更加避之則吉。」阿Ken拔出手槍。

「啊！不……」William Valdes想躲到我背後。

我一掌推開他，道：「且住，讓我考慮一下。」

「沒時間了。對方覺得警告無效，便會發射導彈。」阿Ken瞄準William Valdes的左腿。

「掠奪者」再次飛臨我們上空。

「求你們不要這樣做，求你們大發慈悲，饒我小命。」

「你也是特工。你最明白，特工若有慈悲之心，就不稱職。」阿Ken目露凶光。

「阿Ken，你對，救他一命，開罪美國，給上司責怪，對我們一點好處也沒有。」我放下Stinger發射器，「你開槍吧。」

「等一等！我可以給你們好處。我有病毒A，若你們肯救我，我告訴你們病毒A在哪裏。我們可以賣給俄羅斯人，我跟他們差不多談妥價錢，價值很高。我們把錢分成三份，下半生無憂無慮，各自歎世界，不用過打打殺殺的日子。」

「唔，有點瞄頭，聽起來蠻不錯。」阿Ken向我眨眨眼睛。

「阿Ken，這人詭計多端，我不信任他。你要開槍就開吧，導彈隨時飛到。」

「聽我說，病毒A就在我家，轟掉上面那架無人機後，我們立即回去取，取了就溜。」

「我在你家時，你不是這樣說的。」

「那時我騙你。對不起。現在我說真話，病毒A收藏在後花園那間放雜物的小屋裏，鏟草機下面的地板有個暗格。病毒A藏在暗格裏，用合金箱子裝着。」

「有沒有機關？」我問。

「有，取出箱子時，要輕力，遇到撞擊，箱子會爆炸。還有，箱子用密碼開啟，密碼是426509，只能輸入一次，按錯了，也會爆炸。」

「沒說謊？」

「沒說謊。」

我瞧瞧阿Ken。阿Ken瞧瞧我。

「這次我句句實話，連密碼也主動相告，證明我有誠意合作，與你們一起發財。你們相信我吧。我們當特工的，隨時被敵人殺害，隨時被自己人出賣，刀頭舐血，生命毫無保障，有錢就有享受，人不為己，天誅地滅……」

「阿Wing，請答話。」吉甫車駕駛座的無線電傳來Sean的呼叫。

「收到，請說。」我拿起通話器。

「他沒說謊。到手了，初步測試證實是病毒A。多謝你們。」

「他是……」William Valdes感到不對勁。

「他叫Sean，隸屬澳洲國防部。」阿Ken微笑道。

我轉換頻度，呼叫道：「阿莫，收到嗎？」

「收到。」

「召回你的玩具吧。」

「知道。」

「掠奪者」無人機在空中翻了兩個筋斗，接着飛走。

「那是……」William Valdes追悔莫及。

「那是A貨掠奪者，沒導彈，沒雷達，沒鏡頭，除了體形較大，跟普通小朋友玩的遙控模型機沒分別。」阿Ken笑得燦爛。

「你們……騙我……」

「我們幾個騙你一個，你一個騙三十幾個，還騙足五年，William叔叔，論到騙人的道行，我們拍馬都追不上你啦。」阿Ken坐上吉甫車。

William Valdes氣得滿臉通紅，彷彿隨時爆血管暴斃。

我把Stinger發射器放回吉甫車後座，說：「William叔叔，上車吧，保重呀，坐穩呀，我們的路程還很遠呢！」

尾聲

陳嘉薰

殮房主任通知我，今早有宗死亡個案需要跟進，「那是一宗投訴個案。」他語氣沮喪，遞來一個文件袋。爭取人權的意識高漲，死者親屬投訴醫護程序時有發生，我並不驚訝。

文件袋很輕，摸在手中，內裏像放了兩本小書，我打開封口，反轉，果然抖出兩本書——《再見真生》和《潛行瘋疫》後，文件袋便空空如也。

「投訴人是死者粉絲，說要替天行道。」殮房主任站起來，「死者名叫葉真生。」

「葉真生？」《再見真生》平躺桌上，封面的真生帶着渴求的眼神望着我。我撿起，翻開書頁，沉吟：「真生不是幾年前已證實死亡了嗎？她沒親屬嗎？為什麼粉絲會代辦身後事？」

「似乎有父親，但下落不詳。」

我這才想起真生有個酗酒的父親，一直杳無音訊。

「粉絲說『認識』真生，算是她的『朋友』。」殮房主任解釋，又特別加強「認識」和「朋友」的語氣，暗示粉絲的說法可圈可點——只有找不到死者的親屬，才會由朋友代為處理死亡事宜。

我納悶：「連屍體也化骨了，還要投訴！請他進來吧。」怎麼現在才投訴？申訴期也過了吧？我滿腹疑竇。

進來的是一名初中男生，體形圓胖，架起粗黑框的大眼鏡，有點像男版的小雲。也許剛吃過漢堡包，進來時散發一股漢堡包氣味。他的腋下夾着一本書，右手拿着一包薯條，左手把薯條往嘴裏送。

真離奇，真生離世幾年後才有人召開死因研究，投訴人是一名初中生，是死者的粉絲，說要「替天行道」；更荒謬的是——

薯條附近竟沒有海鷗，跟《潛行瘋疫》的描述絕不相像。小雲昂首把剩餘的薯條倒進喉嚨，咕嚕吞下，用手背揩揩嘴角，在我前面站着扭動身體，有些笨拙的傾斜肩膀，把揹着的書包卸下，一股腦兒的坐下。

我等他開口，不料他像思想家領悟人生哲理般，沉默不語，這時我才留意到他手中捲着的是《潛行瘋疫》。

如是者過了一分鐘，我終於按捺不住打開話匣子：「小朋友，你需要幫忙嗎？」

他把《潛行瘋疫》扔在身旁的凳子上，手肘托在大腿上，抱住頭，手掌撥動頭髮，一副痛苦的樣子，彷彿有千頭萬緒糾纏不清，無法解決。

「你對死者葉真生有什麼話要說？」我引導他。

他終於抬頭開腔，望向我：「我想投訴。但不知從何說起。」

「唔，慢慢來。」我挺直身子，叫自己保持耐性應付，對待小孩子要循循善誘才行，「我們可以一起討論。不如從死者開始吧！你對她的死亡有意見嗎？」

他眨眼兩下，流露着彷彿看到前路豁然開朗的神色，回答：「對。我要投訴真生！」

投訴一個離世多年的死人？我想了解葫蘆裏賣什麼

藥，於是托托眼鏡，問：「你想投訴她什麼？」

「她不該那麼快死。」

「原來如此。但她中了金大芝的劇毒，病入膏肓，很難救啊！」

「那不合理。為了救阿Wing，她自己卻中毒了，痛苦地離開，出場一陣子就走了，很不公平！」

「這有冥冥中的安排。」我衝口而出，才發現把事情弄得更玄妙了。

「情節安排……？那我惟有控告梁科慶了！他不該如此殘忍，安排真生中毒身亡。」

我啼笑皆非。對於一名初中生，要解釋清楚或許有些困難，我得慢慢談。我清清喉嚨，說：「梁科慶是一級作家，他曾表示，故事中的角色有自己的生命，情節發展並不是他能控制的。」

「那是說，真生不得已，自己尋死？」

「又不可以這樣說。只是如果真生真的要死的話，作家是無法阻止的。」作者與故事角色，誰是主動，誰是被動，不容易分清，這就是作者與故事角色之間的互動吧？

「你是說，真生的死，是她自己找來的？」小雲面容扭曲，顯得困惑，「真生自尋死路？她不是自殺的啊！」

「啊，嗯……」

「我不相信，真生善良溫柔正直，好人怎可以早死？」

啊呀，他鑽進牛角尖裏了，我得把他抽出來，看事情的另一面，說：「但她死了後，故事也很好看啊！像阿Wing和R，不也很吸引嗎？」

「哼，才不。」他撿起身旁的《潛行瘋疫》，掀開，翻到一頁，揚起書本，拉高嗓門：「看，阿Wing又背着R夢見真生了。唉，真可憐，朝思暮想，如果真生還在，他就可以免受相思之苦，阿Wing和R的感情，也不用拖拖拉拉了。」

「真沒辦法呢！誰叫出現了個毒女子金大芝……」

「誰叫誰叫，哼！真生一開始就不該中毒，就算中毒了，阿Wing也該在真生危殆之際及時找到金大芝，得到解藥呀！」

「但小說的創作不容許如此嘛。」

「這就是什麼小說角色主導嗎？那全是作家推諉之詞。我要為真生平反，梁科慶要出來解釋！」男生的指頭指住我，情緒開始激動。

投訴作家，也不該來殮房吧？我感到愕然，但嘗試按捺住性子回答：「小朋友，如果你對科慶的創作有意見，可以向他反映。這裏是殮房，處理的是死亡個案，恕我無能為力。」科慶，這攤子還是由你收拾吧！

「不行，你一定要處理！不是說，任何和死亡有關的投訴，都可以找你討回公道嗎？」

這是誰說的？對於這男生近乎橫蠻的要求，我不知所措的回應：「找我？但梁科慶怎樣創作，我真管不了呢！」

「那麼……那麼我要投訴你！」

「我？」

「你對真生的死，難辭其咎，要負責任── 由於你辦事不力，醫術不精，才救不了真生！」

我的確在真生病危時，曾客串醫治她，只是…… 我本想搬出一大堆理由替解圍，譬如我已盡力搶救、真生的毒性太重、我是很被動地捲入《再見真生》的情節中，我從沒有自願醫治她…… 我真的冤枉呀！

為了避免和這男生硬碰，我把話吞下去，因為我知道，面前的小朋友已無法理性對話，我甚至開始同情他── 他是多掛念真生，也為阿Wing和R着緊，才會引起這件投訴事件！此時此刻只好順水推舟，「以其人之道還治其人之身」，從容回答：「既然你有這麼多投訴，那麼真的要解剖了。」

「解剖？解剖真生？」輪到他猶豫了。

小男孩上鈎了，我擺出一副成竹在胸的模樣，肯定的說：「對呀，如果對死因有投訴的話，解剖報告有助釐清疑慮。真生的死亡真相，等開棺定斷吧！」我沒有告訴他，人死了那麼多年，很可能早已化骨，蒐證很困難，解剖對事件的理解相信幫助不大。

「那是說，真生死了這麼多年後，還不能安息，再要受…… 皮肉之苦？」

我攤開手，擺出「沒有辦法」的樣子。

「好殘忍耶！」他的語氣軟下來，屈服了，「那麼…… 那麼…… 還是算了吧！」

「好吧！」我立刻接上，從身旁的文件匣中抽出一張豁免驗屍的申請表，囑咐：「若然你不想解剖，就要簽署這申請表，也要表明日後不再投訴和追究事件。」一般有可能涉及投訴的死亡個案，親屬或朋友都需要表明立場，不作追究，死因裁判官才有較大機會豁免解剖。

小雲填寫資料時，我高聲強調：「我會代你把申請表呈上法官。然後真生的死，我就不查下去了！」

「不行！」門口傳來雄厚的聲音，門打開，一名粗獷黝黑的男子被人用力推進會客室，一個踉蹌的坐在凳上。

「咦？科慶！」我訝異道，望向門口，剛才雄厚的聲音原來來自何Sir。

「一定要查下去！」何Sir肥胖的身軀如高山般堵住門口，道：「嘉薰醫生，你必須查到水落石出為止。」何Sir是駐守C區醫院一帶的警官，我與他常有合作。

「有什麼事嗎？」我的臉上打滿問號。

「嘉薰醫生，你要為自己辯護。」何Sir的眼神，流露一半嚴厲，一半憐憫，「因為有人到警署備案，控告你和梁科慶，可能涉及一宗謀殺案。」

「謀殺？」我和科慶面面相覷，科慶聳聳肩，苦笑着。

「有人控訴你們串謀，幾年前，在特工基地的醫療室殺害一名女子，名叫葉真生。」

「真是荒天下之大謬！我和科慶為什麼要殺死真生？哪個瘋子的話？」

「我！」一名青年從何Sir背後閃身進會客室，神情憂傷，拿着一盒鮮奶 —— 那是阿Wing。

「阿Wing ？你控告我們？」我難以置信。

阿Wing沮喪的坐着，呷一口牛奶，說：「真生的死，很無辜。」

「阿Wing，我明白你的痛苦，我也感遺憾。」科慶一臉無奈，我看得出他寫《再見真生》時，無法扭轉真生死亡的局面，心中滿是掙扎。

科慶苦口婆心的安撫阿Wing，說：「你想想，真生、我和嘉薰醫生都是好友，為什麼我們會殺她？有什麼好處呢？」

「哼，你藉着真生的死，譁眾取寵，令你的《再見真生》賣個盤滿缽滿，還屢獲獎項！你謀財害命！」

我插嘴：「阿Wing，你理智一些，謀財害命的罪名好大呢！」

「你身為真生的最後主診醫生，竟和科慶同流合污！」

「我為什麼要害死真生？」

「你和科慶是好朋友，我怎知道你們之間有沒有利益往來。」

「真無稽，荒謬！我、雯和真生是好友，怎會殺死她？你真是相思成疾——」

何Sir看我們三人來來往往，打岔：「別囉唆了，警方接到個案，就要行動，況且有否殺人動機並不構成辯護的理由，一些人可以在毫無理由下殺人。」

「何Sir，怎麼你也相信這事？」

真的太瘋狂了！小雲在旁瞪眼看着我們，像看一場戲。他突然搶白：「嘿，何Sir，你似乎漏說了話。電視裏警察逮捕疑犯時，不是要說『不是事必要你說，但你所說的每句話都可以成為日後的呈堂證供』嗎？」

何Sir怔了怔，高聲說：「也對。陳嘉薰先生、梁科慶先生，現在警方正式拘捕你們。不是事必要你們說，但你們所說的每句話都可以成為日後的呈堂證供！」

「嘉薰，事到如今，」科慶挨近我，下定決心，小聲建議，「我們惟有——」指了指電腦。

「真的要走這一步了？」我躊躇。

「我們必須為自己脫罪。」

「但那是絕密檔案。」

「大難臨頭，要捍衛檔案，還是入獄？」

科慶的眼神鼓勵我，我猶豫一下，把凳子轉到L形桌子的另一邊，對住電腦開啟視窗，鍵入密碼，一份文稿出現了。

我指住屏幕上的文稿，轉身對何Sir和阿Wing說：「這份絕密檔案，是關於真生的一些往事，看完後你們還要不要檢控我們，悉隨尊便……」

後按：嘉薰醫生和梁科慶將再度携手合著，真生絕密檔案，即將曝光，請密切留意下一本的 Crossover！

後記

梁科慶

原來的計劃是，《潛行瘋役》在 2013年書展出版。

原因很簡單，今年九月我又回大學進修，沒時間寫小說。

一天二十四小時，不多也不少，人人一樣，沒人例外。有人嫌多，有人嫌少。嫌多的人或許沒事可做，嫌少的人或許太多事做。

而我的態度是，生命和時間乃神所賜予，不由我嫌三嫌四。在能力範圍之內，在不影響信仰生活、家庭生活的原則底下，作出適當的調配，不強求，不執著，量力而為，作息有時，便是生活。

按照緩急輕重，我日常行事的比重依次為上班、進修、寫作（已沒娛樂）。

今日香港，靠寫作養活一家的作者甚少。我不會生活拮据仍堅持寫作，也不會因堅持寫作而引致生活拮据。上班賺錢養家，當屬最重要，儘管工作刻板，成功感低，但讓家人的生活安穩，不用憂柴憂米，作為一家之主，責無旁貸。

至於進修，像我這種超齡學生，老師仍願意收入門牆，機會得來不易，努力學習，不在話下。何況我經常告訴年輕人，讀者要進步，作者也要進步，求學便是追求進步、突破自己的路徑。

不說不知，《潛行瘋役》能夠提前出版，就是因為進修。

今年九月，我選修了一門「敘事文學專題寫作」，老師要求同學把課堂所學的文學理論、敘事技巧應用出來，寫一篇五千字小說作為評核習作。

適值今年八月，我在澳洲柏斯hea了一個多星期，hea得很開心。我便把那種hea的感覺寫成小說。

廁所滴水的廉價酒店房間、吃沒蕃茄汁的炸魚薯條、拋薯條餵海鷗被店員勸喻、在柏斯的機場書店購買英文版《1Q84》、在Fremantle島上吃士多啤梨、羨慕河裏的大嘴鷺鶯逍遙自在、乘搭橙線列車往Mandurah蹓躂、光顧中東食店吃碎米飯、近距離接觸袋鼠等等，都是真有其事。

另外，來自星加坡的陽光青年亦確有其人，只不過他並非餐廳侍應或特工，而是Subway店員，負責製作三文治。他一邊弄三文治，一邊跟我聊天，笑容燦爛如柏斯的陽光。

每次到學校演講，台下總有這條問題：創作靈感如何得來？

看，靈感就在生活裏，文學也在生活裏。

光寫角色人物在柏斯hea，故事缺乏寄託，不能成為完整的小說。內容hea到差不多了，我便為角色人物加上一個「從香港乘七個半小時航機到這裏來什麼也沒做只是坐在河邊看《1Q84》和吃薯條」的理由——

履行一句二十年前向舊情人許下的諾言。

習作就依照這條線索完成。

當我拿着初稿修改、校正時，嘗試把阿Wing代入角色，變成阿Wing在柏斯hea，發覺效果不錯。於是，我為阿Wing另作了一個「間諜式」的理由，故事買一開二，成為《潛行瘋役》的開端部分。

寫小說，起筆最難，現成便有一個不錯的開端，接着下來的情節發展，自然順理成章、水到渠成。大約一個月後，我跟突破總編輯喝下午茶，告訴她下個月可以交稿，給她一個小小的驚喜。

最後，要感謝為小說寫序的莫詒謀教授和陳嘉薰醫生。

莫教授是位仁厚長者、淵博學者，對後輩愛護有嘉，我不時得到他的指導提携，獲益良多。

嘉薰則是多年文友，我常向他請教，不覺冒昧，就像小說裏的病毒情節，我想不通透，經他點撥，找出「優化病毒」這個亮點，令故事能自圓其說。

記得八月飛往柏斯之前，在突破書廊遇見嘉薰伉儷。嘉薰跟我說有興趣一起寫真生，他有方法把真生「起死回生」。我說不要孖生姊妹、基因複製等老套橋段。他滿有信心地答「一定不是」。嘉薰向來穩重，從不信口開河，現在已經動筆，我和大家一樣熱切期待他的第一稿。

作者電郵，歡迎聯絡：
forhing@gmail.com